CLUEDO

© Hachette Livre, 2013.
Écrit par Michel Leydier.
Conception graphique du roman : Audrey Thierry.
Mise en pages : Célia Gabilloux

Hachette Livre, 58, rue Jean Bleuzen, 92178 Vanves Cedex.

CLUEDO

Monsieur Violet

hachette
JEUNESSE

COMMENT LIRE CE LIVRE ?

— Certaine !

Tu jubiles. Tu es convaincu d'être sur la bonne voie. Tu décides d'abandonner la piste électorale pour te focaliser sur cette nouvelle donnée. Monsieur Moutarde et ses gros bras dans le rôle de l'assassin, c'est tellement plus crédible que Madame Pervenche et son brushing !

 Si tu penses en savoir assez pour affronter à ton tour Monsieur Moutarde, va au 28.

S'il te semble plus raisonnable de chercher d'abord l'arme du crime, va au 82.

LES CHOIX

À CHAQUE FIN DE CHAPITRE, CE VISUEL T'INDIQUE OÙ CONTINUER TA LECTURE. S'IL ANNONCE « VA AU 15 », TU DEVRAS CHERCHER LE CHAPITRE 15 POUR CONTINUER TON AVENTURE. ATTENTION, PARFOIS, PLUSIEURS CHOIX TE SONT PROPOSÉS... À TOI DE FAIRE LE BON !

C'est peut-être la chance qui frappe à ta porte. Tu ne peux pas laisser passer cette occasion.

Tu prends ta respiration avant de te lancer.

— Sans vouloir me mêler de ce qui ne me regarde pas, j'ai cru comprendre que vous meniez votre petite enquête, toutes les deux. Figurez-vous que je mène la mienne de mon côté ! Alors je me suis dit qu'en conjuguant nos énergies et nos bonnes volontés, on serait sûrement plus efficaces à trois pour démasquer le coupable, qu'en dites-vous ?

Mesdames Pervenche et Leblanc te regardent d'un air suspicieux.

— Vous êtes très indiscret, Monsieur Violet, te reproche Madame Pervenche.

— Vous avouerez que les circonstances sont particulières et qu'elles poussent à la méfiance, te défends-tu. Notre hôte a été assassiné ce soir, et il est bien naturel de laisser traîner une oreille ici ou là pour s'assurer qu'on n'est pas le prochain sur la liste, n'est-ce pas ?

— Laissez-nous un instant ! t'ordonne Madame Leblanc, nous allons discuter de votre proposition toutes les deux.

 Attends un peu, puis va au 31.

LES CHAPITRES
POUR REPÉRER LES CHAPITRES, CHERCHE LES NUMÉROS COMME CELUI-CI. ILS APPARAISSENT EN HAUT DE PAGE.

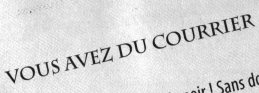

VOUS AVEZ DU COURRIER

Tiens, une lettre du docteur Lenoir ! Sans doute
une invitation à dîner, à l'occasion de son anniversaire...
Tu t'empresses d'ouvrir la lettre :
les soirées du docteur sont toujours mémorables !

Monsieur Violet

C'est toi !

Inventeur de renommée internationale, tu es un scientifique accompli. Hélas, comme tous les génies, tu as tendance à te croire supérieur aux autres... ce qui, tu t'en doutes, ne suscite pas la sympathie ! Ton intelligence hors du commun et ton esprit d'analyse sont des atouts indéniables pour aborder une enquête policière. Cependant, méfie-toi : on ne résout pas une enquête comme un problème mathématique !

À toi de jouer !

Madame Pervenche

Madame Pervenche a su se faire une place de politicienne dans ce milieu principalement masculin. Elle y est respectée… et crainte aussi !

Mademoiselle Rose

Mademoiselle Rose est sublime. C'est simple, elle pourrait être top-modèle ! L'ennui, avec les jolies femmes, c'est qu'elles doivent se battre pour prouver qu'elles sont autre chose qu'un physique...

Madame Leblanc

Madame Leblanc est une éminente avocate. Prête à tout pour faire régner la justice, elle en fait trembler plus d'un...

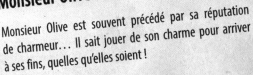

Monsieur Olive

Monsieur Olive est souvent précédé par sa réputation de charmeur... Il sait jouer de son charme pour arriver à ses fins, quelles qu'elles soient !

Monsieur Moutarde

Monsieur Moutarde est un expert en arts martiaux. Mieux vaut ne pas le mettre en colère : sa force herculéenne est une légende dans le monde sportif !

SALON

JARDIN

GARAGE

LES PIÈCES DE LA VILLA

La villa du docteur Lenoir est grandiose !
Cuisine, salon, bureau, chambre,
salle de jeux… Pour explorer le moindre
recoin de cette immense maison,
une vie entière ne suffirait pas !

LES ARMES
DU CRIME

La corde

Le pistolet

Le tuyau

**La clef
à molette**

Le poignard

Le chandelier

Qui n'a jamais rêvé d'enquêter sur un crime ?

Toi qui dévores les romans policiers, qui essaies de deviner le coupable d'une série policière avant tout le monde, tu vas enfin pouvoir mener ta propre enquête !

En participant à cette aventure Cluedo, toi, Monsieur Violet, tu devras élucider un meurtre. Pour cela, il te faudra faire preuve d'intelligence, de psychologie et de perspicacité. Tu vas avoir pour lourde tâche de découvrir l'identité du coupable, l'arme qu'il a utilisée, ainsi que son mobile.

Si tu ne tournes pas de l'œil à la vue d'une goutte de sang et ne crains pas de tomber sur un cadavre, tourne la page…

Ta dernière invention, un détecteur de mensonge nouvelle génération, te passionne et occupe toutes tes journées. Le concept en est révolutionnaire. Il ne se base plus sur la fréquence respiratoire ou la température corporelle, mais sur de micro-ondes électromagnétiques que génère le cerveau de l'individu en train de mentir. Pas de quoi faire cuire un poulet, bien sûr, mais des ondes parfaitement décelables sur des appareils de mesure adaptés.

La démonstration scientifique n'est pas encore totalement achevée, soit, mais selon toi, ce n'est qu'une question de temps.

Pour l'instant, tu te livres dans ton laboratoire à des expériences avec des étudiants volontaires, et les premiers résultats sont très encourageants.

L'aiguille de ton détecteur vient de faire un bond dans le rouge quand on sonne à ta porte.

— La barbe ! maugrées-tu.

C'est le facteur.

Tu délaisses ton cobaye et vas récupérer le courrier du jour. Tiens ! Une lettre du docteur Lenoir. Tu t'empresses de l'ouvrir.

Cher ami,

Bien qu'ayant passé l'âge de fêter mon anniversaire, je profite de cette occasion pour organiser un petit dîner entre amis samedi prochain. Voilà trop longtemps que notre précieux cercle ne s'est pas réuni autour d'un agréable repas !

Je compte sur votre présence sans laquelle la fête ne saurait être tout à fait réussie.

Amicalement vôtre,

Docteur Lenoir.

« Sacré docteur ! » te dis-tu. Si la fidélité existe en amitié, il en est l'incarnation parfaite.

 Pour te rendre chez ton ami, va au 3.

Ce qui t'amuse dans ces dîners chez le docteur, c'est que tu en connais le déroulement par cœur.

Le maître de maison reçoit dans son salon ses convives qui arrivent les uns après les autres. Antoine, le majordome, vous y sert un apéritif, et c'est le moment des salutations, des « Quel plaisir de vous revoir ! », des « Comment allez-vous depuis la dernière fois ? », etc. La liste des invités ne varie pas : Mesdames Pervenche et Leblanc, Mademoiselle Rose, ainsi que Messieurs Olive et Moutarde. Lorsque tout le monde est là, vous vous déplacez dans la salle à manger où la tradition veut qu'avant de s'asseoir, le docteur vous gratifie d'un mot de bienvenue.

— Mes bien chers amis ! Une fois de plus, je vous remercie d'avoir accepté mon invitation. C'est toujours un honneur et un bonheur de vous recevoir. Comme le dit la sagesse populaire : l'amitié est un fil d'or qui ne se casse qu'à la mort. Souhaitons-nous longue vie afin de profiter encore longtemps de ce lien qui nous unit. Naturellement, étant donné mon âge, il serait logique que je vous fausse compagnie le premier. Si cela devait se produire dans un avenir proche, j'aimerais que vous sachiez à quel point vous avez compté dans ma vie. Les petits différends et les querelles politiques n'auront pas résisté à nos sentiments les uns pour les autres. Mais trêve de choses sérieuses ! À présent, si vous voulez bien lever vos verres, trinquons à notre amitié qui, je l'espère, durera encore très longtemps !

Le docteur saisit sa coupe quand, tout à coup, l'obscurité envahit la pièce.

— Que se passe-t-il ? demande-t-il.

— Toute la maison est plongée dans le noir, répond Monsieur Olive. Ça doit être le disjoncteur.

— Quelqu'un sait où il se trouve ? interroges-tu.

— Dans la salle de bains, me semble-t-il ! lance Monsieur Moutarde.

— Il faudrait appeler Antoine, suggère Madame Leblanc. Il doit savoir, lui.

— Je miserais plutôt sur la cave, objecte Madame Pervenche.

S'ensuit, dans une légère pagaille, un déplacement des personnes présentes, chacune se mouvant à tâtons, se cognant contre une chaise ou une porte, à la seule lueur de quelques téléphones portables. Tu suis ton instinct et te diriges vers le vestibule où trône une armoire qui t'a toujours paru être là pour masquer un tableau électrique. Mais tu t'es trompé.

Sur le chemin du retour, la lumière revient soudain. Vous convergez tous vers la salle à manger sans avoir la moindre idée de ce qui vous y attend !

 Suis le groupe et va au 4.

Le docteur Lenoir gît sur le parquet dans une marre de sang. Tu t'accroupis pour prendre son pouls.

— Trop tard ! lâches-tu.

— Quoi ?! s'exclame Monsieur Olive. Vous voulez dire que…

— Oui, confirmes-tu. Il est mort.

— C'est affreux ! s'écrie Mademoiselle Rose en éclatant en sanglots.

— Mais comment est-ce possible ? bredouille Madame Leblanc.

Tu observes le corps du docteur. Une énorme tache rouge macule sa chemise blanche au niveau du cœur. Tu soulèves celle-ci légèrement et aperçois une entaille d'environ un centimètre de largeur.

— Le docteur a été poignardé ! expliques-tu.

Ton verdict plonge l'assemblée dans le silence.

— Il y a un assassin parmi nous, ajoutes-tu d'une voix grave.

— Vos déductions me paraissent un peu hâtives, Monsieur Violet ! objecte Monsieur Moutarde.

— Il faut appeler un chat un chat, argumentes-tu. De toute évidence, le docteur ne s'est pas administré tout seul ce coup fatal, sinon l'arme serait encore dans ses mains. Non, l'un d'entre nous a profité de la pagaille générale qui a suivi la coupure de courant pour planter une lame dans le cœur de notre ami. Ça s'appelle un meurtre !

Tu es toujours accroupi auprès du docteur et, cette fois, personne ne fait de commentaire.

— Madame Leblanc, voulez-vous appeler la police, s'il vous plaît ? lui demandes-tu.

Elle s'exécute immédiatement, mais non sans rencontrer quelque difficulté.

— Je tombe sur une boîte vocale, lâche-t-elle. Toutes les lignes ont l'air saturées.

Tu sors ton portable de ta poche pour vérifier par toi-même et fais le même constat que l'avocate.

— Je propose que nous envoyions Antoine au commissariat chercher des secours, proposes-tu.

— Excellente idée ! approuve Madame Pervenche.

— Tout le monde est d'accord ? demandes-tu.

Personne n'émet d'objection.

 Va au 5.

Antoine, livide, enfile son manteau et part remplir sa mission.

— Je pense que nous devrions laisser le corps du docteur ici, tel que nous l'avons découvert, suggères-tu. Regagnons le salon où nous attendrons patiemment l'arrivée de la police.

Là encore, personne ne te contredit.

Vous vous déplacez tous les six dans un même élan, en respectant un silence de circonstance. Tu refermes avec précaution la porte de la salle à manger et suis le reste du groupe jusqu'au salon.

En chemin, tu réfléchis à la situation. Tu n'as pas l'intention de garder les bras croisés jusqu'à ce qu'Antoine revienne avec des secours. Il y a, parmi les cinq personnes qui te précèdent dans ce couloir et qui marchent d'un même pas lent, un assassin, un traître. Tu te dois de le démasquer et, si possible, de le neutraliser. Ne serait-ce qu'afin d'éviter qu'il passe de nouveau à l'acte, au cas où l'envie lui reprendrait de tuer.

Plus tôt le meurtrier sera identifié, plus tôt toi et les autres innocents serez en sécurité. Mais tu hésites encore sur la façon de mener ton enquête.

Si tu décides d'agir au grand jour, va au 10.

Si tu préfères conduire tes investigations dans le plus grand secret, va au 13.

M onsieur Olive ne se fait pas
prier pour vous suivre.

Tu t'assieds derrière le bureau du docteur
tandis que ta partenaire et Monsieur Olive
s'installent dans les deux fauteuils situés face
à toi.

— Monsieur Olive, lances-tu, voilà un petit
moment que Madame Leblanc et moi
essayons de comprendre ce qu'il s'est passé
ce soir. La conclusion de ces premières
investigations nous perturbe.

— Vraiment ?

— Oui : elles sont accablantes pour vous.

— Pour moi ? C'est une plaisanterie !
ricane-t-il.

— Une plaisanterie ? répètes-tu. J'aimerais
beaucoup que vous nous démontriez qu'il
s'agit d'une plaisanterie.

Monsieur Olive se recale dans son fauteuil.

— Je pourrais vous demander d'abattre vos
cartes en premier, mais ne perdons pas de
temps : je vais vous expliquer très simplement
pourquoi je ne peux pas être mis en cause, te
répond-il en toute sérénité. En ce moment, mon
travail consiste à m'occuper de la trésorerie
de campagne de M. Carmin, qui se pré-

sente aux prochaines élections locales. Or, il se trouve que le docteur Lenoir a accepté, par convictions politiques, de soutenir financièrement ce candidat. Dans ces conditions, quel intérêt aurais-je eu à tuer le financier du candidat pour lequel je travaille ? Ça revenait à scier la branche sur laquelle j'étais assis !

La démonstration tient la route.

Soit Monsieur Olive vous ment, soit vous êtes complètement à côté de la plaque.

 Va au 12.

Tu restes à proximité des deux hommes, et Monsieur Moutarde t'apparaît de plus en plus nerveux. Lui, d'habitude si zen, si serein, n'arrête pas de gigoter d'un pied sur l'autre et de lancer des regards furtifs dans toutes les directions.

« S'il n'a rien à se reprocher, te dis-tu, il s'y prend très bien pour laisser penser le contraire. »

À cet instant, Monsieur Olive l'abandonne pour aller se poser sur une chaise et consulter son téléphone portable. Tu profites de l'aubaine pour aborder Monsieur Moutarde.

— Triste soirée, n'est-ce pas ?

— En effet !

— Quel est votre sentiment sur ce qu'il s'est passé ?

— Je n'en ai aucun !

— Connaître le nom de l'assassin ne vous intéresse pas ?

— Ça ne ramènera pas le docteur à la vie, lâche-t-il sans un regard pour toi.

— C'est une façon de voir les choses… Je vous ai connu plus aimable, Monsieur Moutarde. Qu'avez-vous ?

— Laissez-moi tranquille, Monsieur Violet !

Puis il tourne les talons et va s'asseoir à son tour, te laissant seul avec tes doutes et tes questions.

 Va au 84.

D e retour au salon, tu l'attaques, bille en tête.

— Madame Pervenche, pourriez-vous nous parler de ce contentieux que vous aviez avec le docteur ?

— Un contentieux ? Quel contentieux ? s'étonne-t-elle.

— Au sujet des prochaines élections locales, précises-tu. J'ai là un document qui stipule que le docteur finançait la campagne de votre rival. Je suppose que sa décision n'a pas dû vous faire très plaisir.

Tes insinuations plongent Madame Pervenche dans une colère noire.

— Vous dites n'importe quoi, Monsieur Violet ! Vous ne connaissez rien à la politique, alors laissez ça à ceux dont c'est le métier ! Est-ce que je me mêle de vos inventions ridicules qui n'intéressent que vous ? Et puis vous avez abusé de notre confiance. Nous vous avons autorisé à aller prendre l'air, et vous en avez profité pour enquêter dans notre dos ! Vous devriez avoir honte !

Sa tirade te laisse sans voix.

— Madame Pervenche a entièrement raison, renchérit Madame Leblanc. Vous n'aviez pas à prendre une telle initiative sans nous consulter. C'est inacceptable !

— Vous avez toujours été un sale petit fouineur ! ajoute Mademoiselle Rose.

Les hommes ne se prononcent pas, mais on dirait qu'ils n'en pensent pas moins, si tu en juges par les regards noirs qu'ils te lancent.

Il semblerait que tu sois grillé. Le bon sens voudrait que tu jettes l'éponge car, maintenant que ta mission est éventée, tu ne pourras plus enquêter librement. Mais la colère de Madame Pervenche n'est pas du tout retombée et elle revient à la charge.

— Votre attitude est inqualifiable, Monsieur Violet. J'exige des excuses publiques !

Tu es prêt à abandonner ton enquête, certes, mais de là à t'excuser, il n'en est pas question. Et pourquoi le ferais-tu ? Tu n'as rien inventé, tu as juste évoqué un document compromettant. Ce n'est pas parce que la personne concernée ne veut pas les entendre que tu dois revenir sur tes paroles.

— Vous pouvez attendre longtemps, lui réponds-tu simplement.

Elle se dresse alors sur ses jambes.

— Dans ce cas, je ne resterai pas une seconde de plus en votre présence. Vous connaissez tous mon adresse, vous n'aurez qu'à la communiquer à la police si elle veut m'entendre. Au revoir !

Curieusement, personne n'essaie de la retenir.

— Vous la laissez s'en aller ? demandes-tu, atterré.

On dirait que ta question ne mérite même pas de réponse.

Pendant que Madame Pervenche quitte la maison, les autres convives te fixent du regard comme si tu étais devenu la personne la plus infréquentable de la planète.

Les premiers éléments de l'enquête officielle te donneront finalement raison, et tu auras droit aux excuses de Madame Leblanc, de Mademoiselle Rose, ainsi que de Messieurs Olive et Moutarde.

FIN

Un enquêteur doit savoir faire preuve de diplomatie. Tu en as cruellement manqué. Prends garde à cet aspect psychologique des choses et retente ta chance !

— **B** onsoir, Docteur ! fait une voix enjouée en décrochant.

— Bonsoir, M. Carmin, mais je ne suis que Monsieur Violet, un ami du docteur…

Tu lui racontes le drame qui vient de se produire. Un long silence s'ensuit. Puis tu lui parles de ce SMS envoyé par Madame Pervenche juste avant le meurtre.

— Elle aura donc mis ses menaces à exécution, finit-il par dire.

— Il y a eu d'autres menaces auparavant ?

— Oui.

— Pourquoi a-t-elle fait ça ? demandes-tu.

— Le docteur avait choisi de financer ma campagne électorale plutôt que la sienne, explique-t-il. Elle ne l'a pas supporté. Elle pensait qu'au nom de leur amitié, il n'avait pas le droit de lui faire un coup pareil. Mais le docteur est… enfin, était un homme de convictions, l'amitié n'avait rien à voir là-dedans. Et elle croyait, à tort ou à raison, que sans son soutien, elle perdrait ces élections.

Tout s'éclaire ! Tu tiens enfin ton mobile.

Tu remercies M. Carmin et retournes au salon.

 Va au 23.

Tu respires un grand coup et tu te lances :

— Par respect pour notre ami et en hommage à sa mémoire, j'ai l'intention de me lancer dans la recherche de la vérité. Je pense que le docteur aurait fait de même si le malheur s'était abattu sur l'un d'entre nous. Je démasquerai son meurtrier.

— Avez-vous des aptitudes pour une telle mission ? te demande Madame Leblanc. On ne résout pas une énigme policière comme une équation du second degré.

— J'en ai conscience, réponds-tu. Et je compte sur votre aide à tous. Quand je dis « tous », je laisse de côté l'assassin, naturellement.

Tu promènes un regard circulaire à travers le salon, passant d'un convive à l'autre, sans qu'aucun d'entre eux baisse les yeux. Ça prouve une chose qui ne te facilitera pas la tâche : le coupable a du sang-froid !

— Celui ou celle qui a agi éprouve peut-être déjà des remords, poursuis-tu. S'il souhaite nous avouer son forfait, à nous qui sommes ses amis, je l'invite à le faire maintenant. Quel qu'ait pu être son mobile, nous sommes prêts à l'écouter.

Un silence pesant fait écho à ta main tendue. Les regards se détournent. Monsieur Moutarde soupire, Madame Pervenche pianote sur son téléphone portable, Mademoiselle Rose tire sur sa belle robe rouge pour couvrir ses longues jambes, Monsieur Olive se lève pour faire les cent pas. Quant à Madame Leblanc, elle ferme les yeux, comme pour méditer.

— Il doit savoir, insistes-tu, que nous autres, les innocents, nous serons appelés à témoigner quand l'heure du procès viendra et qu'il vaudra mieux pour lui que notre parole soit compatissante à son égard. Mais pour cela, il faudrait d'abord qu'il se confie et qu'il nous explique pourquoi il a agi ainsi… Il nous doit au moins ça.

Alors que le silence s'invite à nouveau dans le salon du docteur, tu surprends Monsieur Olive en train de sourire.

— Je vous trouve bien naïf, Monsieur Violet, lâche-t-il sur un ton moqueur. Vous pensez réellement que le coupable va se dénoncer aussi facilement ? Si vous prétendez vouloir résoudre cette enquête, vous allez avoir besoin de méthodes un peu plus pointues et devoir ruser davantage.

 Va au 19.

Des conclusions s'imposent. Il te revient de les annoncer.

— Eh bien, nous voilà fixés, Monsieur Moutarde. Nous pensons que vous avez assassiné notre ami.

— Vous n'avez pas la moindre preuve de ce que vous avancez ! rétorque l'accusé.

— Dès que la police sera là, je ferai un rapport sur notre enquête…

— À ce propos, t'interrompt Mademoiselle Rose, vous ne trouvez pas étonnant qu'Antoine ne soit toujours pas revenu ?

Tu regardes ta montre : ton associée n'a pas tort.

— Je rappelle ! dis-tu en sortant ton téléphone.

Cette fois, un opérateur te répond et on te promet une intervention dans les minutes qui viennent.

« Antoine a dû se perdre en route », te dis-tu sans te poser plus de questions sur cet étrange détail.

Ton enquête s'arrête là. L'inspecteur Lapipe va arriver et prendre le relais pour mener la sienne, plus officielle, qui permettra de tirer des conclusions très éloignées des tiennes. Tu as perdu.

On peut ne pas avoir d'alibi
et pourtant être innocent.
Souviens-toi de cela et recommence !

Madame Leblanc et toi réflé-chissez à la situation quand Monsieur Olive se permet d'ajouter :

— Si vous voulez mon avis, il s'agit d'une affaire politique.

Tu le regardes avec intérêt.

— Politique ?

— Maintenant que vous le dites, intervient Madame Leblanc, le docteur a fait une allusion à la politique dans son discours de bienvenue. Ça m'a étonnée parce que ce n'est pas son genre. Il a dit, en substance, que l'amitié était plus forte que les désaccords politiques… Peut-être se sentait-il menacé ? Peut-être cherchait-il à dissuader son futur meurtrier de passer à l'acte ? Peut-être tentait-il de nous mettre sur la voie s'il venait à être assassiné ?

— Tant que nous y sommes, enchérit Monsieur Olive, je vais vous faire un autre aveu : le principal adversaire de M. Carmin dans cette campagne s'appelle Madame Pervenche !

Paf !

Tu prends la confidence en pleine figure et elle te fait l'effet d'une gifle !

 Respire un bon coup et va au 26.

On n'est jamais trop prudent, mieux vaut enquêter en secret. L'annoncer à la cantonade risquerait de faire paniquer le coupable et l'inciterait peut-être, qui sait, à commettre d'autres bêtises.

Tu te lances donc dans une aventure en solitaire ; aucune de tes initiatives ne devra trahir tes intentions.

Alors que vous prenez place dans le salon du docteur, tu réfléchis à différentes stratégies.

 Si tu penses qu'il est sage de commencer par observer attentivement les autres convives, va au 79.

Si tu préfères tenter une sortie à la recherche d'indices dans la maison, va au 15.

Une fois dans le couloir, Madame Pervenche te retient par la manche.

— Séparons-nous, nous serons plus efficaces, dit-elle. Occupez-vous du bureau pendant que je fouille la salle à manger !

Tu te tournes vers elle pour la scruter au fond des yeux.

Si tu lui fais confiance, va au 54.

Si tu rejettes sa proposition, va au 51.

La psychologie, l'intuition, ce n'est pas ton fort. Tu es un scientifique, un cartésien, tu veux du concret, des preuves, de quoi étayer une accusation.

Ces pièces à conviction, si elles existent, ne se trouvent pas dans ce salon, ni sous vos semelles, ni derrière les coussins du canapé, mais quelque part dans la villa du docteur. Pour les trouver, il te faut tenter une sortie.

— J'ai besoin de prendre l'air, dis-tu en guettant les réactions des autres convives. Je vais faire un petit tour dans le jardin.

Comme il fallait s'y attendre, ton initiative éveille les soupçons de tous. Madame Leblanc se fait le porte-parole du groupe.

— Il n'en est pas question ! s'exclame-t-elle. Personne ne sortira de ce salon tant que la police ne sera pas là.

— Je me sens mal, insistes-tu.

— On vous a dit « non » ! renchérit Madame Pervenche sèchement.

— Voici mes clés de voiture et mon porte-feuille, dis-tu en vidant tes poches sur la table basse. Je vous laisse même mes lunettes, sans lesquelles je ne vois pas au-delà de trois mètres. Ça suffit pour prouver ma bonne foi, non ?

Il semblerait que oui, car plus personne n'émet d'objection.

Tu peux y aller.

 Va au 89.

Tu crains d'effrayer Monsieur Moutarde en l'interpellant publiquement. Il risque de se refermer comme une huître et tu ne pourrais plus lui soutirer un seul mot.

La solution du SMS te paraît plus adaptée.

Tu sors ton téléphone et tapes sur le clavier :

« Ainsi, vous étiez le cousin du docteur. Étant donné qu'il n'a pas d'héritier direct, ça fait de vous le suspect n° 1 dans cette affaire. Qu'en dites-vous ? »

Tu appuies sur « envoi » et guettes sa réaction.

Quelques secondes plus tard, sans doute alerté par le vibreur, il met la main dans une de ses poches pour saisir son téléphone. Il prend connaissance de ton message et te lance un regard presque amusé.

Puis il se met à écrire à son tour.

Sa réponse t'arrive et tu la lis :

« Mauvaise pioche ! »

Tu t'es trompé. Ta méthode n'est pas la bonne. Monsieur Moutarde ne te prend pas au sérieux. En même temps, sa réaction est pleine d'assurance. Il en aurait beaucoup moins s'il était coupable, tu en es convaincu. Monsieur Moutarde était une fausse piste.

Au moins, ça te permet d'éliminer un suspect.

Comment enchaîner à présent ?

Il faudrait que tu puisses repartir à la recherche d'autres pièces à conviction.

— J'ai besoin d'aller me rafraîchir dans la salle de bains, dis-tu à l'assemblée en te levant de ton siège.

— Il n'en est pas question ! réagit Madame Pervenche.

— Ça suffit, votre petit manège, ajoute Madame Leblanc.

— Monsieur Violet ne tient pas en place, on dirait, ironise Monsieur Moutarde. Vous ne seriez pas en train de mener votre petite enquête dans notre dos, par hasard ?

Les quatre autres convives t'adressent des regards noirs.

Monsieur Moutarde lit alors à voix haute ton texto.

C'est fichu ! Tu n'as plus qu'à te faire tout petit et à laisser les choses suivre leur cours sans plus intervenir.

Toute action de ta part t'engage
et peut occasionner des réactions
chez les autres. Un bon enquêteur
doit savoir tenir compte de ces paramètres.
Penses-y et recommence !

Mieux vaut un bon face-à-face avec Madame Pervenche plutôt qu'une confrontation publique. En tant que femme politique, elle sait manier les foules et elle aurait tôt fait de retourner les autres contre toi.

Heureusement, en laissant tes effets personnels au salon, tu t'es bien gardé de te séparer de ton téléphone portable.

Pour l'attirer à toi, tu lui envoies un SMS.

« Je vous attends dans le bureau du docteur. J'ai un scoop à vous révéler. Monsieur Violet. »

Moins d'une minute plus tard, la porte s'ouvre sur Madame Pervenche.

 Va au 41.

— Monsieur Moutarde ! l'interpelles-tu bien fort afin d'attirer l'attention de tous.

Il se retourne et, voyant que tous les regards sont braqués sur lui, s'empourpre aussitôt, ce qui te donne encore plus d'assurance.

— Auriez-vous la gentillesse de nous montrer ce que vous cachez dans la poche arrière droite de votre pantalon ?

— Qu'est-ce que ça peut vous faire, ce que j'ai dans mes poches ?

— Eh bien, étant donné les circonstances, et vu la forte probabilité que vous soyez le coupable, la présence d'une arme blanche sur vous enfoncerait le clou.

— La probabilité, dites-vous ? La justice ne se fonde pas sur des probabilités, Monsieur Violet, mais sur des preuves bien tangibles. Il ne s'agit pas de mathématiques.

Tu ignores son coup de botte en touche.

— Allons ! Dépêchez-vous ! insistes-tu en tendant la main.

— Comme vous voudrez, te répond-il. Je vous aurai prévenu.

Il glisse une main dans la poche en question et en retire un objet de forme allongée, d'une vingtaine de centimètres, composé d'un manche en corne de rhinocéros et d'un fourreau en argent ciselé.

Tu as vu juste. La victoire se rapproche.

En te regardant droit dans les yeux, Monsieur Moutarde te le tend.

 Va au 36.

19

Visiblement, Monsieur Olive ne voit pas ton initiative d'un très bon œil. Aurait-il quelque chose à se reprocher ?

Tu encaisses ses critiques sans relever et reprends :

— Quelques minutes à peine se sont écoulées entre le moment où le disjoncteur a sauté et celui où nous avons découvert le docteur, mort. Certains d'entre vous ont peut-être vu ou entendu quelque chose qui pourrait nous aider à comprendre ce qu'il s'est passé ?

Personne ne se bouscule pour te répondre. Décidément, tu dois mal t'y prendre. La tension monte, lentement mais sûrement.

— J'en connais un qui ne ferait pas carrière en tant que détective privé, murmure soudain Mademoiselle Rose.

Une fois de plus, tu ignores ce commentaire acide.

— Au fait, enchaînes-tu, qui a trouvé le disjoncteur ?

Cette fois, ta question est simple et précise, et tu t'attends à ce que quelqu'un te réponde. Malheureusement, ça n'est toujours pas le cas. Mais peut-être que personne n'a réellement de réponse à t'offrir. En définitive, celui qui connaît le mieux la maison, après le docteur, c'est Antoine. Il serait logique que ce soit lui qui ait rétabli le courant dans la maison. En tout cas, le coupable n'avait aucun intérêt à le faire. Peut-être même que si la panne avait duré un peu plus longtemps, il en aurait profité pour disparaître !

— Quelqu'un a-t-il croisé Antoine pendant ou juste après la coupure de courant ? interroges-tu.

Certains secouent la tête en signe de négation, les autres t'ignorent cordialement.

Bon, il est temps de changer de méthode.

 Va au 44.

Mademoiselle Rose a du mal à encaisser cette information.

— Je n'arrive pas à les imaginer, l'une ou l'autre, dans ce rôle, te confie-t-elle.

Elle en a presque les larmes aux yeux.

— Quelles peuvent être les raisons d'un tel crime ? interroge-t-elle. Pourquoi l'une d'entre elles aurait-elle tué le docteur d'un coup de couteau ?

— C'est ce que nous devons nous employer à découvrir.

— C'est incompréhensible !

Ce que t'a dit Monsieur Olive tout à l'heure te revient en mémoire.

— Cette histoire de financement politique était peut-être la bonne voie… Allons jeter un coup d'œil dans le bureau du docteur, nous y trouverons peut-être une explication.

 Allez au 93.

Tu abordes négligemment Monsieur Olive.

— Une petite promenade nocturne, ça vous tente ?

Il opine du chef en souriant.

Pendant que Monsieur Moutarde surveille les autres invités du docteur, ta partenaire et toi entraînez Monsieur Olive dans le jardin.

Aussitôt dehors, tu entres dans le vif du sujet.

— Nous avons de forts soupçons contre Monsieur Moutarde. Sa parenté avec le docteur fait de lui le coupable idéal.

— Sa parenté ? interroge Monsieur Olive.

— Vous n'étiez pas au courant ?

Il secoue la tête.

— Une parenté lointaine, précises-tu. Mais quand on sait que le docteur n'avait pas d'héritier direct et quand on connaît l'ampleur de l'héritage, ça peut donner des idées à des personnes mal intentionnées…

Monsieur Olive esquisse une moue dubitative.

— Vous ne croyez pas Monsieur Moutarde capable de tuer son cousin pour de l'argent ? demandes-tu.

— J'en serais très surpris.

— Pas nous ! enchaîne ta coéquipière. Son

comportement est des plus étranges, ce soir. Vous ne trouvez pas ?

Encore une fois, Monsieur Olive ne paraît pas convaincu.

« Mauvaise pioche ! » te dis-tu. Ton coup de bluff ne fonctionne pas. Vos affirmations ne provoquent aucune réaction franche chez Monsieur Olive. Tu aurais souhaité qu'il charge Monsieur Moutarde ou, au contraire, qu'il prenne sa défense, mais son indifférence ne te sert à rien. Il te faut trouver un moyen de rebondir.

— Et si on allait fouiller un peu dans la maison ? proposes-tu. Les criminels commettent toujours des erreurs, c'est bien connu.

Madame Leblanc est partante.

— Vous nous accompagnez ? demandes-tu à Monsieur Olive.

— Pourquoi pas ?

— Parfait ! Madame Leblanc, tâchez de trouver un indice dans la salle à manger ! Monsieur Olive et moi nous occupons des appartements du docteur.

 Allez au 95.

Au moment où tu sors de la cuisine, un coup de feu résonne dans la maison. Vite ! Tu te précipites en direction du salon, dont la porte est grande ouverte.

— Que se passe-t-il ? demandes-tu en faisant irruption.

Avant d'avoir fini de poser ta question, tu as compris que ton associée avait pris la poudre d'escampette.

— Madame Pervenche nous a menacés avec un revolver ! t'informe Mademoiselle Rose, terrifiée. Elle a même tiré en l'air avant de s'enfuir…

Un seul commentaire te vient :

— Antoine a dit vrai !

Au même moment, un deuxième coup de feu retentit, puis deux autres, comme en riposte. Ceux-là viennent de l'extérieur.

 Va au 60.

— Vous en avez mis, du temps ! t'agresse Madame Pervenche dès ton retour.

— C'est que je n'ai pas chômé, réponds-tu. Pour tout vous dire, j'ai découvert que c'est vous qui avez tué le docteur et j'ai des preuves !

Son visage se fige d'un seul coup.

— J'ai retrouvé le téléphone du docteur dans une poubelle, dis-tu en le brandissant. J'ai pu lire vos menaces proférées par texto juste avant que vous ne les mettiez à exécution. J'ai aussi appelé M. Carmin, qui m'a tout expliqué.

Madame Pervenche est livide, elle n'essaie même pas d'argumenter. Un silence de mort s'est abattu dans le salon.

— J'oubliais ! ajoutes-tu. Antoine a laissé dans la cuisine le mot que voici où il prétend que vous lui avez demandé de plonger la maison dans le noir au moment de passer à table… Tout concorde…

Madame Pervenche ramasse lentement son sac tout en te fixant du regard. Elle y plonge une main et saisit un revolver. Tout le monde est suspendu à ses gestes. Sans te viser avec précision, elle dirige son arme vers toi.

— Ne faites pas ça ! lui commande Mademoiselle Rose.

— Je vous demande pardon, à tous, répond-elle d'un ton morne.

Puis elle retourne le canon du revolver vers sa tempe.

Madame Leblanc, qui se trouve à côté d'elle sur le canapé, fait un geste en direction de son bras armé. Le coup part. Mais le tir est dévié grâce à son intervention. La balle atterrit dans le mur derrière les deux femmes.

Entre-temps, Monsieur Moutarde a jailli et il bloque le bras de Madame Pervenche.

— Lâchez cette arme ! ordonne-t-il.

Comme il sert de plus en plus fort, elle n'a bientôt plus d'autre choix que celui d'obéir.

Quelques instants plus tard, Madame Pervenche, en pleurs, vous avoue qu'elle a aussi demandé à Antoine de patienter jusqu'à son feu vert avant de prévenir la police, ce qui explique cette attente interminable.

Bravo ! Tu n'as pas trouvé l'arme du crime, mais tu as découvert tout seul le coupable et son mobile. Que cela ne t'empêche pas de remercier Madame Leblanc et Monsieur Moutarde, sans qui on compterait un mort de plus ce soir !

FIN

Puisque tu es un as de l'enquête,
sache qu'il y a d'autres façons de résoudre
celle-ci. Veux-tu retenter ta chance ?

24

Tu décides de faire semblant d'accepter son argent contre ton silence.

— D'accord, dis-tu. Quelle somme me proposez-vous ?

— Une minute, te réplique-t-elle. Il nous faut d'abord élaborer une stratégie pour nous en sortir tous les deux, sinon nous nous retrouverons en prison et mon argent ne vous sera d'aucune utilité.

— Vous avez un plan ?

Elle opine de la tête.

— J'ai appris ce soir, de la bouche de Madame Leblanc, que Monsieur Moutarde et le docteur étaient cousins. Or le docteur n'avait pas d'héritier direct. Il est donc très facile de charger Monsieur Moutarde pour faire croire à la police qu'il a tué le docteur afin de recevoir sa part d'héritage le plus vite possible. Nous pourrions très bien déclarer sous serment que, lorsque le courant est revenu dans la maison, nous avons surpris Monsieur Moutarde seul avec le docteur dans la salle à manger.

— Et l'arme du crime, qu'en avez-vous fait ?

— Je l'ai glissée dans l'une des poches du pantalon du docteur. Il faudrait juste récupérer le gant que j'ai laissé avec. C'était une erreur de ma part : c'est un gant de femme !

— Ce ne sera pas compliqué de le récupérer avant l'arrivée de la police, admets-tu. Et mon argent ?

— Lorsque la justice aura jugé Monsieur Moutarde coupable, je vous donnerai une belle enveloppe garnie de gros billets.

— Combien ?

Elle te propose une coquette somme, avec beaucoup de zéros. Tu demandes le double pour la tester.

— Vous êtes bien gourmand, Monsieur Violet, mais c'est d'accord !

— D'où sortira cet argent ? Vous n'avez pas de fortune personnelle, que je sache.

— Ne vous tracassez pas pour ça ! Il y a beaucoup d'argent sale qui circule en politique. Mais l'argent n'a pas d'odeur, n'est-ce pas ?

— Et si vous refusiez finalement de me le donner, quel recours aurais-je ?

— Vous connaissez la vérité, vous savez que les preuves existent, vous n'auriez aucun mal à faire rouvrir le dossier. Et j'irais prendre la place de Monsieur Moutarde en prison. Rassuré ?

 Va au 57.

25

Elles ont peut-être découvert des choses que tu ignores. Ton intérêt est de rester dans l'ombre. Approche-toi encore un peu et, l'air de rien, ouvre grand tes oreilles !

Tu te glisses derrière le canapé sur lequel elles sont assises et fais semblant d'admirer un tableau surréaliste – genre pictural auquel tu ne comprends rien, soit dit en passant – accroché au mur. Heureusement, tu es vite récompensé. Une information de première importance te tombe tout cru dans l'oreille : d'après Madame Leblanc, Monsieur Moutarde est un lointain cousin du docteur. Ce qui fait de lui un de ses heureux héritiers puisque le docteur Lenoir n'avait pas de descendance et plus d'ascendance. Du coup, elles sont toutes les deux convaincues de la culpabilité de Monsieur Moutarde. Voilà qui renforce tes doutes sur ce dernier.

Tu décides de ne plus le quitter des yeux. Délaissant ces dames et le tableau auquel elles tournent le dos, tu te rapproches lentement de la fenêtre où le champion d'arts martiaux se tient toujours. Celui-ci repère ton manège, et on dirait qu'il ne te voit pas revenir vers lui d'un très bon œil. D'ailleurs, il se retourne brusquement. Ce faisant, il fait tomber un livre qui se trouvait sur le rebord de la fenêtre. Il se baisse rapidement pour le ramasser, et tu remarques alors que la poche arrière droite de son jean est déformée par la présence d'un objet de forme allongée.

« L'arme qui a servi à tuer le docteur ! » te dis-tu. Monsieur Moutarde a rangé là le poignard ou le couteau qu'il a utilisé, tu en es quasiment certain.

Si tu penses que tu as suffisamment de cartes en main pour demander des comptes à Monsieur Moutarde, va au 18.

Si tu préfères mettre toutes les chances de ton côté et attendre de découvrir une preuve supplémentaire, va au 87.

Vous vous regardez tous les trois.

L'enquête a pris une tournure que tu n'avais pas du tout envisagée.

Mais comment aborder Madame Pervenche et comment la faire parler ?

Si tu décides de tenter ta chance seul, va au 86.

Si tu juges qu'il est préférable de l'interroger avec Madame Leblanc, va au 83.

Mademoiselle Rose est assise seule sur un canapé. Tu quittes ton siège pour aller prendre place à côté d'elle.

— Vous m'avez vertement remis à ma place, tout à l'heure, en doutant de mes aptitudes à mener cette enquête, lui murmures-tu. Je vous propose de vous associer avec moi. À deux, nous serons plus forts, n'est-ce pas ? Et puis, vous m'éclairerez de vos lumières…

Elle te lance un regard en biais, légèrement inquiet. Puis son visage se détend.

— Très bonne idée, Monsieur Violet ! Je serais ravie de vous aider à démasquer le sinistre personnage qui a tué notre ami.

Tu lui fais part de ton intuition concernant les suspects, et sa réaction ne se fait pas attendre :

— Nous sommes exactement sur la même longueur d'ondes. J'hésite moi aussi entre Monsieur Moutarde et Monsieur Olive. Comment voulez-vous que nous procédions ?

— Je propose qu'on en prenne un chacun et qu'on l'interroge discrètement. Monsieur Olive me paraît coriace, je vais m'en charger.

Occupez-vous de Monsieur Moutarde !
— Bien, chef !

 Filez au 56.

28

Mademoiselle Rose s'est cassé les dents en voulant interroger Monsieur Moutarde pendant que tu t'occupais de Monsieur Olive.

À ton tour d'essayer de le faire parler. Tu possèdes un avantage majeur sur ta partenaire, une carte maîtresse, pourrait-on dire : le suspect avait un lien de parenté avec la victime qui, accessoirement, était milliardaire. Ce qui, en soi, constitue un mobile comme en raffolent les juges d'instruction.

Tu ne prends pas de gants et interpelles Monsieur Moutarde publiquement, à haute voix.

— Pourquoi nous avoir caché pendant toutes ces années que vous étiez cousins, le docteur et vous ?

Tu l'as pris au dépourvu. Monsieur Moutarde pâlit aussitôt.

— De vagues cousins, très éloignés, en effet, bredouille-t-il. C'est lui qui ne tenait pas à ce que ça se sache.

— Pour quelle raison ?

— Je… je l'ignore.

— Compte tenu de la fortune de votre cousin et du fait que celui-ci n'a pas d'héritier, la police appréciera beaucoup cette parenté.

— Que voulez-vous dire ? demande-t-il avec un début de panique dans la voix. Vous m'accusez de l'avoir tué ?

— Avouez que la part d'héritage qui vous reviendra peut donner des idées !

— Vous êtes fou !

— Si vous n'avez que ce genre d'argument pour vous défendre aux assises, vous avez peu de chance d'obtenir un non-lieu, mon vieux !

— Fichez-moi la paix, Monsieur Violet ! Je suis innocent !

— Nous ne demandons qu'à vous croire, Monsieur Moutarde. Mais alors, proposez-nous un alibi, quelque chose qui nous aiderait à reconsidérer notre position !

— Pourquoi ne pas avouer et plaider la folie passagère ? ajoute ta partenaire.

— Vous êtes tous cinglés ! répète votre suspect n° 1. Laissez-moi tranquille !

— Je trouve également que votre ligne de défense manque de conviction, intervient alors Madame Pervenche. Et ce n'est pas Madame Leblanc, avocate de métier, qui me contredira, n'est-ce pas ?

Tout le monde se tourne vers l'intéressée.

— C'est assez léger, en effet.

Tu sens que l'assemblée est en train de basculer de ton côté.

— Monsieur Olive, vous ne vous êtes pas prononcé, lui lances-tu.

Il hésite à répondre et finit par dire :

— Je n'ai pas vraiment d'opinion, j'alignerai mon jugement sur celui de la majorité.

 Va au 11.

— Je vais quitter cette maison avec Madame Leblanc, siffle-t-elle. Si vous tentez quoi que ce soit pour m'en empêcher, ou si vous alertez la police, je l'abattrai sans hésitation.

Tu essaies de raisonner Madame Pervenche, mais elle paraît déterminée à fuir avec son otage.

Le fait qu'elle soit venue armée à ce dîner prouve que le meurtre était prémédité. Tu réalises que tu ne la feras pas changer d'avis.

Tu regardes, impuissant, Madame Pervenche pousser Madame Leblanc hors du bureau avec le canon de son revolver.

— Faites ce qu'elle dit ! ajoute ta partenaire, qui n'en mène pas large. Et ne prévenez personne avant que nous soyons loin !

Vous avez découvert le pot aux roses, mais la meurtrière avait pensé à se ménager une porte de sortie. Sache que la prise d'otage est la hantise de tout enquêteur. Recommence en évitant que cela se reproduise !

Tu ne réfléchis pas. Tu laisses tes pas te guider et ils te mènent à la chambre du docteur.

Tu n'y avais jamais mis les pieds auparavant. Tout y est parfaitement en ordre et la décoration est d'une grande sobriété. Murs et parure de lit blancs, rideaux couleur taupe ; deux ou trois meubles contemporains, une grande penderie garnie de vêtements. Une minichaîne, un téléviseur mural, un ordinateur portable éteint… Non, tu ne trouveras rien dans cette pièce. Tu en acquiers vite la conviction.

Tu reviens sur tes pas qui, cette fois, te conduisent jusqu'à la cuisine. Tout de suite, ton attention est attirée par un message griffonné à la main sur une feuille de papier déposée en évidence sur la table centrale.

Tu te précipites pour le lire.

Madame Pervenche m'a demandé de simuler une panne de courant pendant le discours de bienvenue du docteur parce qu'elle voulait lui faire une surprise pour son anniversaire. J'ai compris trop tard que ses intentions étaient tout autres. Je jure que je…

Le message est inachevé. Pour toi, les choses sont claires : c'est Antoine qui l'a écrit. Il n'a pas eu le temps de le terminer parce que vous lui avez demandé d'aller alerter la police. Et il ne l'a pas laissé traîner sur cette table par négligence, mais pour que quelqu'un mette la main dessus. Enfin, et surtout, ses propos accusent Madame Pervenche de façon assez explicite.

Autre chose te revient en mémoire à cet instant, qui n'a rien à voir avec ce message d'Antoine. Tu te souviens tout à coup d'un bref épisode du début de la soirée. Tu revois le docteur, lors de l'apéritif, consulter son téléphone portable avant de le remettre dans sa poche, comme si le vibreur l'avait alerté d'un nouveau message. Sur le moment, tu n'y as pas prêté attention, mais tu te dis maintenant qu'il y a peut-être un lien entre ce SMS et ce qu'il s'est passé quelques minutes plus tard.

 Si tu penses que la priorité des priorités est d'interroger Madame Pervenche, va au 58.

Si, auparavant, tu souhaites récupérer le téléphone portable du docteur car il est susceptible de t'apprendre quelque chose, va au 42.

31

Quelques instants plus tard, Mesdames Pervenche et Leblanc te font signe d'approcher.

Tu parcours les quelques pas qui vous séparent.

— C'est entendu, te murmure Madame Leblanc. Nous acceptons votre coopération, mais ne vous avisez pas de nous tendre un piège. Nous sommes sur nos gardes.

— Soyez tranquilles ! la rassures-tu. Mes intentions sont honnêtes et mon seul but est de mettre un nom sur la personne qui a jeté le malheur sur cette maison.

— Trêve de belles paroles ! intervient Madame Pervenche. Dites-nous ce que vous avez appris jusque-là.

Tu te grattes la tête.

— Pas grand-chose pour l'instant, je l'avoue. Si ce n'est que Monsieur Moutarde me paraît beaucoup plus nerveux qu'à l'accoutumée. Et vous ? Avez-vous découvert quelque chose ?

— Hélas ! répond Madame Pervenche. Rien de plus.

— Nous devons partir à la recherche d'indices dans la maison, proposes-tu.

— Bonne idée ! approuve Madame Leblanc.

Comment voyez-vous les choses ?

— Pendant que vous surveillez le groupe, je pourrais aller jeter un coup d'œil dans le bureau du docteur ?

Madame Pervenche t'adresse aussitôt un regard méfiant.

— Pas question de vous laisser y aller seul ! Je vous accompagne !

— Avec grand plaisir ! concèdes-tu. Nous irons plus vite à deux.

Va au 76.

32

Pour résoudre un problème mathématique, il convient de bien lire et relire l'énoncé. En bon scientifique que tu es, tu ne l'ignores pas. Dans le cas présent, cela veut dire que vous devez tenir compte de chaque élément dont vous disposez et ne rien négliger, car un détail infime peut mener à la solution.

Que s'est-il passé depuis votre arrivée chez le docteur jusqu'à ce que vous constatiez sa mort ?

Mademoiselle Rose et toi, vous vous creusez les méninges afin de visionner mentalement le film de ce début de soirée.

Monsieur Olive a glissé sur la dernière marche du perron en saluant le docteur ; il a failli se casser la figure, mais cela vous paraît sans conséquence. Un peu plus tard, Madame Pervenche s'est absentée du salon. Elle a prétexté devoir se refaire une beauté : un coup de vent l'avait décoiffée. Elle est réapparue au bout de deux ou trois minutes.

Alors qu'il était en pleine conversation avec Monsieur Moutarde, le docteur a consulté son téléphone portable. Peut-être le vibreur l'a-t-il alerté de l'arrivée d'un nouveau message ?

— Ça, c'est une piste à explorer, observes-tu. Je revois très bien le docteur lire son écran avant de replacer son téléphone dans la poche intérieure droite de sa veste. Et il n'est pas farfelu de penser que le SMS qu'il a reçu quelques minutes à peine avant d'être assassiné puisse avoir un lien direct avec son meurtre.

Tu annonces au groupe ton intention de retourner dans la salle à manger, pour récupérer l'objet en question, en proposant à l'assemblée de désigner un accompagnateur.

Madame Leblanc se porte volontaire et personne n'émet d'objection.

 Allez au 45.

33

Dix minutes plus tard, Mademoiselle Rose et toi vous livrez vos comptes-rendus respectifs. Cette fois, c'est toi qui as fait mauvaise pioche.

— Madame Pervenche m'a pris de haut, rapportes-tu. Dès que j'ai commencé à parler de cette histoire d'élections, elle s'est fermée comme une huître, prétextant que tout ce qui concernait sa vie professionnelle ne me regardait en rien.

Heureusement, on dirait que Madame Leblanc a été plus bavarde.

— Saviez-vous que Monsieur Moutarde et le docteur étaient des cousins éloignés ? te demande Mademoiselle Rose.

Tu secoues la tête sans voir encore où elle veut en venir. Et puis, tout à coup, *paf* ! Le déclic ! Le docteur n'a pas d'enfant, il est fils unique et ses parents sont morts. Il n'a donc pas d'héritier direct.

— Une part de l'héritage lui revient !

— Bingo ! renchérit ta partenaire. Vu la fortune du docteur, ça représente certainement une jolie somme !

— Madame Leblanc est-elle sûre de ce qu'elle affirme ?

— Certaine !

Tu jubiles. Tu es convaincu d'être sur la bonne voie. Tu décides d'abandonner la piste électorale pour te focaliser sur cette nouvelle donnée. Monsieur Moutarde et ses gros bras dans le rôle de l'assassin, c'est tellement plus crédible que Madame Pervenche et son brushing !

Si tu penses en savoir assez pour affronter à ton tour Monsieur Moutarde, va au 28.

S'il te semble plus raisonnable de chercher d'abord l'arme du crime, va au 82.

34

On dirait que la chance a cessé de te bouder.

— Je vous aiderai avec grand plaisir, Monsieur Violet, répond Madame Pervenche à ta sollicitation. Je suis tellement révoltée que je serais ravie de passer les menottes au monstre qui a poignardé notre ami !

— Allons nous asseoir près de la bibliothèque, nous y serons plus tranquilles pour échanger nos points de vue sur la situation.

Vous vous installez dans un angle du salon.

— Quel est votre sentiment sur l'affaire ? te demande Madame Pervenche, l'air intrigué.

— Je nage en plein potage, avoues-tu. Pour le moment, je n'ai aucune piste, rien !

— Vous devez bien avoir une petite intuition ?

Tu réfléchis un instant avant de répondre. Peux-tu faire confiance à Madame Pervenche ? L'évidence s'impose : tu n'as pas beaucoup d'autres choix.

— Je serais extrêmement surpris que le crime ait été commis par une femme, finis-tu par lâcher.

— Je suis entièrement d'accord avec vous, approuve-t-elle. Et j'irai même plus loin : je parierais sur Monsieur Olive à cent contre un !

— Vraiment ? répliques-tu, étonné par son assurance.

— Je me suis toujours méfiée de lui. Nos rapports sont distants depuis le premier jour. Pour moi, cet homme incarne la malhonnêteté.

— Qu'est-ce qui vous fait dire ça ?

— Je ne sais pas exactement. En tout cas, c'est ce que je ressens.

— Nous pourrions fouiller un peu la maison à la recherche d'indices, proposes-tu.

— Excellente idée ! Je vous suis.

Tu annonces au reste du groupe que vous allez vérifier quelque chose, ce à quoi personne ne s'oppose.

— Si l'un d'entre vous tente de quitter cette pièce en notre absence, ajoutes-tu avant de sortir, il se désignera lui-même comme coupable. Les trois autres agiront en conséquence, n'est-ce pas ?

Tu es certain, ainsi, que chacun se méfiera de son voisin et que le meurtrier se tiendra à carreau.

 Va au 14.

35

Tu n'as pas que des qualités, mais s'il en est une dont tu peux te vanter, c'est bien l'honnêteté. L'argent n'a jamais été le moteur de ta vie. Tu te serais spécialisé dans autre chose que les mathématiques si tel avait été le cas.

— Vous savez bien que je ne peux pas accepter votre proposition, Madame Pervenche.

— Je ne suis qu'à demi surprise, commente-t-elle avec le sourire.

— Qu'allez-vous faire, maintenant ?

— Ne vous inquiétez pas pour moi, Monsieur Violet, j'ai tout prévu, répond-elle en jouant avec sa bague. À présent, retournons au salon !

Elle se lève et se dirige vers la porte, où elle t'attend pour te laisser passer.

— Je vous en prie, allez-y ! dis-tu galamment.

Elle se glisse hors du bureau et tu refermes la porte derrière vous. Tu la suis dans le couloir quand tu entends un petit objet métallique tomber sur le carrelage.

— Oh, ma bague ! s'exclame-t-elle.

Tu fais à nouveau preuve de galanterie et te baisses à ses pieds pour la ramasser.

Tu reçois alors un méchant coup sur le crâne et perds instantanément connaissance.

La suite est prévisible : lorsque tu retrouves tes esprits, Madame Pervenche manque à l'appel.

C'est dommage, ton enquête était bien partie,
mais tes bonnes manières t'ont perdu !
Tu crois que l'assassin s'est encombré
de politesse et de savoir-vivre ?
Apprends à faire la part des choses
et recommence !

Avec beaucoup de prudence, tu saisis l'objet tendu sans détacher ton regard de ton interlocuteur.

Une fois en main, tu le brandis fièrement. Tu tournes sur toi-même afin que chacun puisse le voir. Puis tu te décides enfin à retirer le fourreau pour en dévoiler…

Soudain, l'air te manque. Toutes tes certitudes s'écroulent. Tu te sens stupide. Ce n'est pas une lame qui prolonge le manche, mais un peigne, de la même corne.

Tu te retournes vers Monsieur Moutarde, qui te regarde, un petit sourire moqueur au coin des lèvres, puis à nouveau vers le reste de l'assemblée, qui ne t'adresse que des regards hostiles, voire méprisants.

Tu es grillé. Autant rendre ton tablier tout de suite, car tu n'as plus aucune crédibilité.

FIN

Tu manquais cruellement de preuves, et un bon enquêteur ne se hâte jamais avant de porter des accusations. Tâche de t'en souvenir et recommence, tu ne peux pas faire moins bien !

L'atmosphère dans le salon est devenue pesante, aussi prends-tu l'initiative de mettre une musique de circonstance en fond sonore : un requiem de Brahms.

Ça te permet aussi de faire le point avec ta coéquipière sans que vous soyez entendus.

Elle a eu moins de chance que toi : Monsieur Moutarde n'a quasiment pas ouvert la bouche. Elle a décelé une nervosité inhabituelle chez lui. Maigre pêche !

Mais son œil s'illumine à l'écoute du scoop de Monsieur Olive.

— Incroyable ! s'exclame-t-elle. Madame Pervenche !

— Pas de conclusion hâtive ! t'empresses-tu de temporiser. Nous n'avons pour l'instant aucune preuve tangible. Et n'oublions pas notre idée de départ : le crime a été commis par un homme !

La situation demande réflexion.

Si tu décides qu'il faut maintenant interroger Mesdames Pervenche et Leblanc, va au 64.

Si tu juges préférable dans un premier temps de passer en revue un à un les événements de la soirée en tentant de vous remémorer le détail qui vous mettra sur la voie, va au 32.

38

Vous connaissez bien Monsieur Moutarde et vous êtes d'accord sur un point : il est très susceptible. Vous pensez qu'il se sentira moins agressé si c'est une femme qui l'interroge.

Madame Leblanc accepte de s'en charger, mais en ta présence, au cas où l'entretien tournerait mal.

Avec tact et douceur, elle expose le problème à votre premier suspect, qui se défend calmement.

— Il est vrai qu'une petite part de l'héritage du docteur me reviendra, mais pourquoi aurais-je précipité les choses ? En outre, les affaires du docteur étaient très florissantes, alors pourquoi vouloir percevoir aujourd'hui ce qui vaudra dix fois plus dans quelques années ? Sans compter que je ne suis absolument pas dans le besoin… Et surtout, vous remettez en cause ma moralité !

— Nous sommes bien obligés de le faire, interviens-tu posément. L'un de nous ne s'est pas encombré de morale en poignardant le docteur.

— Je comprends, admet Monsieur Moutarde. Sa réaction est pleine de bon sens.

Madame Leblanc et toi vous éloignez pour convenir d'une chose : Monsieur Moutarde n'est pas coupable.

— Il reste Monsieur Olive, avances-tu.

 Va vite au 91.

39

Tu te sens obligé de relever le défi que te lance ta partenaire. D'ailleurs, es-tu bien sûr qu'elle est de ton côté ? Mais si tu refusais, de quoi aurais-tu l'air ?

Tu restes donc seul avec Monsieur Moutarde qui attend le départ des autres convives pour ouvrir de nouveau la bouche.

— Vous vous êtes trompé sur toute la ligne, Monsieur Violet, t'assure-t-il. Je suis blanc comme neige et persuadé à présent que Madame Pervenche est coupable. La manière dont elle a précipité les choses en est la preuve : elle a sauté sur cette histoire de parenté parce que ça l'arrangeait. Où est-elle allée lorsque vous avez quitté cette pièce, tous les deux ?

— Elle est partie à la recherche d'indices dans la salle à manger.

— Sur son initiative, je parie !

— Exact ! réponds-tu après réflexion.

— Elle est allée effacer les traces de son crime, vous pouvez en être certain ! Et elle a proposé de rester seule avec moi tout en sachant très bien comment vous réagiriez… Elle vous a bien eu, mon vieux ! Maintenant, je vous conseille de rappeler la police avant qu'elle ne soit trop loin.

Un peu penaud, tu fais ce que te dicte Monsieur Moutarde, et il s'avère que c'est lui qui a raison, comme te le prouvera l'enquête officielle.

N'ayant rien résolu du tout, tu perds sans les honneurs !

On ne s'improvise pas enquêteur comme ça. Tu as fait preuve de négligence et de naïveté. Recommence en évitant de commettre les mêmes erreurs !

Tu approches une chaise de Monsieur Moutarde.

— Asseyez-vous ! lui conseilles-tu. On dirait que vous allez tourner de l'œil.

Sans un mot, il s'exécute.

— C'est sûrement l'émotion, poursuis-tu. Nous avons tous perdu, ce soir, un ami qui nous était cher. On ne réagit pas forcément de la même façon… Moi aussi, j'étais à deux doigts de craquer tout à l'heure… Mais je me suis ressaisi… Voulez-vous qu'on aille faire quelques pas dehors ?

Il secoue la tête.

— Détendez-vous ! Ça va passer. Vous avez envie de parler du docteur ?

Il secoue de nouveau la tête.

— Vous savez quelque chose ? Vous avez un secret à partager ? Je vous sens fébrile…

Monsieur Moutarde soupire, comme s'il avait une bouffée de chaleur.

— Je suis votre ami, Monsieur Moutarde, vous le savez bien ! Allez-y ! Confiez-vous, ça soulage, vous verrez…

Il te regarde et lève les yeux au ciel, te manifestant à quel point tu l'exaspères.

— Écoutez, Monsieur Violet, fichez-moi la

paix ! J'ai besoin d'être seul.

Ta méthode ne fonctionne pas. Il est temps d'en changer.

— Vous, si costaud et d'habitude si serein, ça fait bizarre de vous voir aussi abattu, railles-tu. Je croyais que les arts martiaux rendaient les gens zen en toutes circonstances.

— Croyez ce que vous voulez, ça m'est égal !

Tu décides d'élever légèrement la voix, de manière à attirer l'attention des autres.

— Comment expliquez-vous que le simple fait d'évoquer l'héritage du docteur vous mette dans un tel état d'anxiété ?

Il te lance un regard furieux.

— Je ne vois qu'une explication : vous êtes mêlé d'une manière ou d'une autre à ce qu'il s'est passé ce soir !

— La paix ! s'écrie-t-il en retour. Vous commencez sérieusement à m'agacer, Monsieur Violet.

Autour de vous, le silence se fait.

 Va au 70.

— Asseyez-vous, Madame Pervenche ! lances-tu en désignant la chaise face au bureau.

Elle t'obéit en attendant tes explications. Mais tu refuses de gaspiller ta salive en exposant les faits. Tu te contentes de lui tendre le tract et la lettre de M. Carmin.

Tu l'observes tandis qu'elle prend connaissance en silence de ces documents. Puis, dans un geste colérique, elle les déchire avant d'en froisser les morceaux pour en faire une boule inutilisable.

— Ne croyez pas que vous venez de détruire une pièce à conviction, dis-tu froidement. Il était écrit au bas de la lettre : « copie par mail ».

Elle change alors radicalement d'attitude. Un léger sourire se dessine sur ses lèvres.

— Je vous félicite, Monsieur Violet. Vous avez fait du bon travail !

Tu ne t'attendais pas à ça.

— Vous ne niez pas ? Vous reconnaissez avoir tué le docteur parce qu'il avait décidé de soutenir un autre candidat que vous ?

Elle laisse échapper un petit rire.

— À quoi bon nier l'évidence, Monsieur Violet ? Cette lettre est accablante. Elle m'accuse de façon incontestable.

— Mais… vous… enfin…, bafouilles-tu. Vous ne cherchez même pas à vous justifier !

— Ce n'est ni le lieu ni le moment, répond-elle en redevenant sérieuse. En revanche, j'ai une proposition à vous faire.

— Vraiment ?

— Votre silence contre de l'argent !

— Je vous demande pardon ?

— Une forte somme d'argent, précise-t-elle. Décidément, tu vas de surprise en surprise. Tu réfléchis un instant.

— Si je refuse, que se passera-t-il ?

— C'est comme au poker, Monsieur Violet. Il faut payer pour voir les cartes de l'autre.

Tu réfléchis encore avant de te prononcer.

 Si tu acceptes sa proposition, va au 24.

Si tu la refuses, va au 35.

Cette histoire de SMS te tarabuste. S'il est en rapport avec le meurtre du docteur, ce serait bête de passer à côté.

Tu décides donc de mettre la main sur son téléphone. L'idée de palper un cadavre ne t'emballe pas, mais il faut bien en passer par là.

Tu te dépêches d'aller à la salle à manger, où rien n'a bougé depuis tout à l'heure, mais le contraire aurait été surprenant.

Tu t'approches du corps sans vie et fais un effort de mémoire. Tu revois le docteur ranger son portable dans la poche intérieure droite de son veston. Tu fermes alors les yeux et laisses tes doigts partir en exploration.

Tu dois vite te rendre à l'évidence : le téléphone n'y est plus. D'une certaine façon, cela renforce ton envie de le trouver, car il n'est pas sorti tout seul de la poche du docteur : le meurtrier l'a certainement subtilisé parce qu'il contenait un message compromettant.

Tu quittes la salle à manger et composes son numéro sur ton portable. La chance te sourit : tu perçois une sonnerie. Tu te précipites et trouves ce que tu cherches dans la poubelle du cabinet de toilette attenant à la salle à manger.

Ton instinct ne t'a pas trompé : l'heure d'arrivée du dernier SMS correspond aux derniers instants de vie du docteur. Et son expéditeur n'est autre que… Madame Pervenche ! « Je vous laisse une ultime chance de revenir sur votre décision. Dans dix minutes, il sera trop tard ! »

Sans doute s'est-elle débarrassée à la hâte de cette pièce à conviction accablante en pensant le récupérer un peu plus tard dans la soirée.

Cette découverte consolide la « thèse Pervenche », mais elle ne te fournit toujours pas le mobile de la femme politique.

Tu fais défiler les SMS et réalises qu'un nombre incalculable d'entre eux proviennent d'un certain Carmin. Tu tapes ce nom dans le moteur de recherche du téléphone et ne tardes pas à comprendre qu'il est un opposant politique de Madame Pervenche. Tiens, tiens !

Tu sens que tu brûles. Mais il te manque toujours le mobile : elle ne peut pas avoir tué le docteur simplement parce qu'il entretenait des relations amicales avec son rival.

Tu décides d'appeler ce M. Carmin pour en avoir le cœur net.

 Va au 9.

43

Tu fixes du regard Monsieur Olive avec un intérêt nouveau.

— Vous savez en quoi consiste mon métier ? te demande-t-il.

— Si ma mémoire est bonne, vous gérez des fortunes, des patrimoines… Vous vous occupez de l'argent des autres, quoi.

— Oui, c'est à peu près ça. Mais depuis peu, j'ai élargi mon champ d'action : je suis le trésorier de campagne du candidat Carmin aux prochaines élections locales. C'est-à-dire que je gère tout ce qui touche au financement de sa campagne électorale et aux dépenses qui lui sont liées. Tout cela est très contrôlé.

— Je vois, dis-tu, mais quel est le rapport avec ce qui est arrivé au docteur ce soir ?

— Le principal donateur de Carmin était le docteur Lenoir.

— Sans blague !

— Si c'était une blague, elle ne serait pas drôle. Sans le financement du docteur, la victoire de Carmin est compromise.

— C'est son adversaire qui va être content !

— Je ne vous le fais pas dire. Savez-vous de qui il s'agit ?

— Non, mais je pense que je ne vais pas tarder à l'apprendre.

— Madame Pervenche !

Tu manques de t'étouffer.

— Madame Pervenche !? Vous voulez rire ?

— Non, toujours pas.

— Vous pensez donc que c'est...

— Je ne pense rien du tout, te coupe-t-il en se levant. Je vous livre une information, à vous d'en tirer des conclusions. Ou pas.

Il tourne les talons en te laissant songeur.

File au 37.

44

Les invités du docteur, le coupable comme les innocents, ont décidé de ne pas répondre à tes questions. Ils ont peut-être de bonnes raisons pour cela. Avancer qu'ils ont été témoins de quelque chose les mettrait sans doute en danger et leur vaudrait probablement des représailles.

Tu dois penser à une autre manière d'agir.

Pour l'instant, ton instinct te dicte une seule et unique chose : l'assassin est un homme. Tu n'imagines pas du tout une femme planter une lame dans le corps du docteur. Si affûtée soit celle-ci, il faut de la force et surtout une bonne dose de sauvagerie pour l'enfoncer entre les côtes d'un homme en bonne santé. Aucune des trois femmes présentes ne te semble capable d'un tel geste, ne serait-ce que sur le plan physique. Ça te laisse deux suspects majeurs : Monsieur Olive et Monsieur Moutarde.

Ton début d'enquête en solo pouvant être qualifié de fiasco, tu décides de rechercher un partenaire. La logique te pousse à le choisir parmi les personnes que tu soupçonnes le moins, à savoir les trois femmes.

Si tu décides de solliciter la collaboration de Mademoiselle Rose, va au 27.

Si tu préfères demander à Madame Leblanc, va au 72.

Si ton choix se porte sur Madame Pervenche, va au 34.

Madame Leblanc t'observe attentivement. Penché sur le corps du docteur, tu prends ton courage à deux mains et glisses tes doigts entre sa veste et sa chemise. Il y a encore plus de sang que tout à l'heure : même la veste en est imbibée, à présent.

Malheureusement, la poche est vide. Par acquit de conscience, tu décides d'inspecter les autres poches de sa veste, mais tu n'en as pas le temps… Des cris vous parviennent en provenance du salon.

 Foncez au 81.

Madame Pervenche s'apprête à quitter la salle à manger quand tu y pénètres.

— Vous avez trouvé quelque chose ? demandes-tu.

Elle secoue la tête en signe de découragement.

— Moi, oui ! enchaînes-tu. Regardez !

Tu lui tends le document en posant un doigt devant le nom de votre ami commun.

— C'est la liste des héritiers du docteur ! expliques-tu.

— Très intéressant ! commente ton associée. J'ignorais cette parenté.

— Moi aussi !

— On ne pouvait trouver mobile plus limpide, Monsieur Violet ! Vous êtes un redoutable détective !

— J'avoue que cet élément fait de Monsieur Moutarde notre suspect n°1 ! Et il va lui falloir une bonne défense pour nous convaincre de son innocence.

Madame Pervenche prend un air hautain.

— Vous plaisantez, je suppose. Monsieur Moutarde n'est plus un suspect, il est LE coupable ! D'ailleurs, j'ai toujours pensé qu'il avait un mauvais fond.

Tu te dis soudain que Madame Pervenche change rapidement d'avis, une vraie girouette ! Il y a quelques minutes, elle se méfiait de Monsieur Olive comme de la peste. À moins que personne ne trouve grâce à ses yeux.

Mais il est vrai que ta découverte change radicalement la donne et, en fin de compte, peu importe ce qu'elle pense.

— Et si nous allions demander quelques explications à Monsieur Moutarde ? proposes-tu.

— Cela s'impose, en effet ! Mais il s'agit plutôt de lui extorquer des aveux.

 Filez au 59.

47

« **S**ans doute n'est-il pas inutile de sonder Mademoiselle Rose », te dis-tu. Sous ses airs de midinette, elle a souvent des avis bien tranchés sur les choses et elle n'est pas la dernière à émettre des jugements pertinents sur les autres. Naturellement, tu ne la vois pas dans le rôle du coupable. Plus largement, tu n'imagines pas que celui qui a sauvagement poignardé le docteur puisse être une femme.

Tu t'assieds discrètement sur le siège voisin du sien. Mademoiselle Rose est toujours plongée dans la lecture de son magazine.

— Vous tenez le coup ? lui demandes-tu.

— Que voulez-vous dire ?

— Cette attente est un moment pénible pour tous, vous ne le vivez pas trop mal ?

— Ça va, répond-elle. Même si nous avons tous hâte que la police arrive, n'est-ce pas ? C'est bien long, d'ailleurs ! Vous ne trouvez pas ?

Tu jettes un coup d'œil à ta montre.

— Antoine n'est parti que depuis un quart d'heure. Ça circule mal, ce soir…

— Ce n'est pas faux…

— Quel est votre sentiment sur ce qu'il s'est passé ce soir, Mademoiselle Rose ?

Elle t'adresse un regard perplexe.

— Si quelqu'un savait ce qu'il s'est réellement passé, je pense qu'il ne se gênerait pas pour le dire, vous ne croyez pas ?

— Pas sûr… Votre intuition ne vous dit rien ?

— Mon intuition est muette, ce soir, Monsieur Violet. Désolée.

— Vous avez tourné dans plusieurs films policiers. Vous n'avez jamais vécu de situations semblables à celle-ci ?

— Écoutez, vous devenez trop insistant. Laissez-moi lire mon magazine, je vous prie.

Mauvaise pioche !

 Va au 90.

48

Monsieur Moutarde est émotif. En le provoquant devant les autres, tu es pratiquement sûr de le faire craquer. Il n'y a guère que sur un tatami qu'il peut se montrer plein d'assurance, parce que sa force parle pour lui.

— Monsieur Moutarde, lances-tu, pourquoi nous avoir caché que vous étiez apparenté au docteur ?

Aussitôt, il semble paniquer, son regard balayant la pièce sans oser se poser sur l'un des cinq visages tournés vers lui. On dirait qu'il manque d'air.

— Qu'est-ce que… Mais… je… Pourquoi… ? bafouille-t-il.

— Allons, allons, calmez-vous ! La question est simple : pourquoi ne pas nous avoir dit que vous étiez cousins ?

— De lointains cousins, rectifie-t-il.

— Lointains, peut-être, mais cousins quand même. Ce qui vous permet d'intégrer l'heureux groupe de ses héritiers !

— Mais… comment pouvez-vous… ?

Monsieur Moutarde ne parvient même pas à finir sa phrase.

— Ne soyez pas aussi insolent, Monsieur

Violet ! intervient Mademoiselle Rose. Laissez Monsieur Moutarde tranquille ! C'est indécent, ce que vous faites, un soir comme celui-là !

— Je ne fais que citer des faits, te défends-tu.

— Si ce que vous dites est vrai, vous devriez avoir honte de vous en prendre à Monsieur Moutarde ! Que faites-vous de sa peine ? Vous aimeriez être soupçonné du meurtre d'un parent le jour de sa mort ?

— Il y a des peines que l'argent guérit très vite, Mademoiselle Rose, et...

— Moi, je suis de l'avis de Monsieur Violet, te coupe Madame Leblanc. J'étais au courant de cette parenté et j'avoue que cela constitue un mobile assez troublant.

— Je suis aussi de cet avis ! renchérit Madame Pervenche. C'est lui qui a fait le coup, à n'en pas douter.

— Vous êtes tombés sur la tête ! proteste l'intéressé, qui retrouve une contenance. Je n'aurais jamais fait une chose pareille !

Tu te tournes vers Monsieur Olive, qui est le seul à ne pas s'être prononcé.

— Qu'en dites-vous ?

— Je serais très étonné d'apprendre que Monsieur Moutarde a assassiné le docteur. Pour moi, la vérité est ailleurs.

— Peut-on savoir où ? lui demandes-tu.

— Je pense que la police n'aura pas beaucoup de mal à élucider ce meurtre.

— Vous êtes bien sûr de vous !

— J'ai mes raisons et je me garderai bien de les partager avec un détective du dimanche.

— Très bien ! conclus-tu. En résumé, vous êtes donc deux à me suivre et deux à penser différemment. Égalité parfaite !

 Va au 69.

49

Dix longues minutes se sont écoulées et vous avez pratiquement retourné toute la pièce.

— On s'est trompés, lâche Mademoiselle Rose en soupirant. L'arme est ailleurs.

— Ça m'en a tout l'air, concèdes-tu, dépité.

Sur la table à manger, les verres sont encore pleins. Seul celui du docteur est renversé. Autre chose te chiffonne, sans que tu saches vraiment de quoi il s'agit. Il y a, dans la disposition des couverts sur la nappe, un élément qui cloche à la place du docteur et rompt l'harmonie du reste de la table. Tu t'approches pour tenter de comprendre, et la vérité te saute aux yeux : il manque le couteau, à la droite de son assiette.

— Voilà l'arme qui a servi à tuer le docteur ! dis-tu.

— Justement, elle n'est plus là !

— À mon avis, elle est encore plus près de nous qu'on ne le pense.

D'un mouvement décidé, tu t'accroupis et glisses une main dans la poche du pantalon du docteur. Bien vu ! Tu en ressors un gant en cuir noir enroulé autour du manche du couteau manquant, dont la lame est encore ensanglantée.

— Qu'est-ce qui vous a mis sur la voie ? demande ta partenaire.

— J'ai essayé de me mettre dans la peau du tueur. Le corps du docteur est le dernier endroit auquel nous ayons pensé pour retrouver l'arme. Je pense que le meurtrier a dû se faire la même réflexion.

 Va au 65.

Tu emballes le couteau ainsi que le gant dans une serviette de table blanche et la tends à Mademoiselle Rose.

— Mettez ça dans votre sac ! Nous sortirons nos pièces à conviction lorsque nous en aurons besoin. Et maintenant, allons observer ces dames !

 Va au 97.

« O ups ! » te dis-tu. Tu cherchais une partenaire, pas un petit chef qui décide à ta place. Aurais-tu fait une mauvaise pioche en sollicitant Madame Pervenche ?

— Pas question de se séparer ! réponds-tu. Nous inspecterons les lieux ensemble.

— Pourquoi m'avoir demandé de vous aider si vous ne me faites pas confiance ?

— C'est dans votre intérêt autant que dans le mien que nous soyons vigilants. Commençons par la cuisine !

Elle te suit, mais tu sens bien que son enthousiasme est retombé. Tant pis pour elle.

La cuisine est une vaste pièce. Des éléments intégrés et des appareils électroménagers en tapissent les quatre murs tandis qu'une longue table de travail occupe le centre. Vous en faites le tour. Soudain, Madame Pervenche saisit une feuille de papier sur la table et en fait une boule.

— Que faites-vous ? Qu'est-ce que c'est ? demandes-tu, très surpris par son geste.

— Rien du tout ! répond-elle. C'est nerveux. Ça me calme, de froisser du papier.

Tu n'es pas dupe. Tu ne crois pas un mot de

ce qu'elle te dit. Tu flaires même le coup fourré.

— Donnez-moi cette feuille de papier ! ordonnes-tu.

Elle secoue la tête.

— Donnez-la-moi, répètes-tu, ou je vous la prends des mains, de force s'il le faut !

Elle refuse encore et recule lentement tout en te fixant du regard, sa boule de papier serrée au creux de la main, son sac pendant à son autre épaule.

Tu avances alors vers elle, en adoptant un air des plus menaçants.

Coincée contre un mur et saisissant soudain ta détermination, elle plonge une main dans son sac pour en sortir promptement un revolver qu'elle braque sur toi.

Va vite au 71.

52

— **P**ersonne ne vous a mandaté pour enquêter, Monsieur Violet, ajoute Madame Leblanc. Vous avez agi dans notre dos. Et peut-être que Madame Pervenche a raison : qui sait si vous ne cherchiez pas à faire disparaître des indices et à inventer un faux coupable pour vous blanchir ? Mais nous ne sommes pas dupes.

— Laissez-moi au moins vous lire ce qu'Antoine a écrit, parviens-tu à dire.

— Ça ne nous intéresse pas, rétorque Monsieur Moutarde. Et puis, qui nous dit que vous ne l'avez pas rédigé vous-même, ce message ?

C'est l'arroseur arrosé ! Tu es à présent dans le box des accusés et personne ne se bouscule pour prendre ta défense.

— Vous pouvez rentrer chez vous ! déclare Madame Pervenche aux autres convives. Je vais rester ici avec Monsieur Violet en attendant l'arrivée de la police.

La suggestion est très bien accueillie : tout le monde a l'air ravi de ce dénouement.

— Vous êtes tous tombés sur la tête ! t'écries-tu.

Madame Pervenche prend un air exaspéré.

— Monsieur Olive et Monsieur Moutarde, soyez gentils, enfermez-le dans la salle de bains, s'il vous plaît, dit-elle en soupirant. Il y a des barreaux aux fenêtres, il ne pourra pas s'échapper !

Tels des petits garçons auxquels la maîtresse donne un ordre, ils s'approchent tous les deux de toi.

— Vous coopérez ou j'emploie la manière forte ? te demande Monsieur Moutarde.

Tu ne te sens pas de taille à te battre avec lui, vu sa spécialité.

— Je suis contre toute forme de violence, déclares-tu lâchement. Mais vous réaliserez très vite votre erreur.

Tu les laisses t'escorter jusqu'à la salle de bains.

— On peut dire qu'elle vous a bien manipulés, ajoutes-tu au moment où ils referment la porte sur toi.

Puis tu les entends faire glisser une grosse armoire pour bloquer l'issue.

Quelques instants plus tard, le silence est total dans la maison.

Tu ne seras absolument pas surpris, lorsque la police arrivera enfin, de constater que Madame Pervenche s'en est allée, elle aussi, sans demander son reste.

Madame Pervenche a été plus maligne
que toi. Ne laisse rien au hasard quand tu lances
une accusation et reprends ton enquête
pour parvenir à tes fins.

53

Sans rien demander à personne, vous sortez du salon. À peine êtes-vous arrivés dans le couloir que Monsieur Moutarde se tourne vers toi et, tel un prestidigitateur dont les gestes alertes t'échappent totalement, il te neutralise physiquement. En une fraction de seconde, tu te retrouves au sol, à plat ventre. Il est assis à califourchon sur tes reins, et son bras gauche enserre ton cou tandis que l'autre maintient un des tiens à hauteur de tes omoplates. Lentement, il en accentue la torsion tout en faisant pression sur ta nuque, la tirant vers lui. Des éclairs de douleur assaillent ton cerveau. Tu te demandes qui, de tes cervicales ou de ton coude, cédera en premier.

— Je pourrais vous briser les articulations sans aucune difficulté, te souffle-t-il à l'oreille.

Tu aimerais répondre que tu n'en doutes pas un instant, mais tu as le souffle coupé et rien ne veut sortir de ta bouche.

— Prenez ça pour un avertissement ! Si vous persistez dans vos insinuations, vous savez ce qui vous attend. Nous sommes bien d'accord ?

— Mmmm ! parviens-tu à formuler.

Progressivement, il lâche sa prise, et vous

vous relevez l'un après l'autre. Tu reprends ton souffle. Puis vous ajustez vos vêtements et vous apprêtez à revenir dans le salon.

— La violence ne résout jamais rien ! crânes-tu pour sauver la face.

Ignorant ta remarque, il ouvre la porte.

 Allez au 80.

54

— **P**arfait ! réponds-tu. Le premier qui a terminé rejoint l'autre, et on fait le point.

Vous prenez deux directions opposées. Tes pas à toi te guident vers le bureau. Tu refermes la porte derrière toi et t'installes à la table de travail du docteur. Le premier tiroir regorge de dossiers. Tu sors la pile, et le premier d'entre eux, sur lequel il est simplement écrit « Notaire », t'interpelle : étant donné la fortune que le docteur laisse derrière lui, il se pourrait qu'il y ait un lien entre ses biens et son assassinat.

Le dossier comprend un certain nombre d'actes notariés qui attestent de l'ampleur de sa richesse. Tu te souviens alors que le docteur n'avait ni enfants ni parents proches encore en vie. Puis tu tombes sur une liste de noms. À côté de chacun d'eux est écrit un lien de parenté. « Voici les personnes qui vont se partager l'héritage ! » en déduis-tu. La liste comporte un grand nombre de Lenoir, cousins, cousines, oncles, tantes, neveux ou nièces à divers degrés, puis une série d'autres noms… Quelle n'est pas ta surprise de découvrir parmi eux un des convives du docteur, présent ce soir : Monsieur Moutarde, en personne, qualifié de petit-cousin issu de germain ! Les bras t'en tombent !

« Allons vite montrer ça à Madame Pervenche ! »

 Va au 46.

Malheureusement, aucune trace du téléphone du docteur dans les poches de ses vêtements. Le meurtrier a dû le lui subtiliser après l'avoir tué. Ça te conforte dans l'idée qu'il contient une information importante.

Tu ressors de la salle à manger et fais sonner le téléphone du docteur. Tu pries pour qu'il ne soit pas en mode silencieux et ouvres grand tes oreilles. Quelques secondes plus tard, tu perçois une sonnerie. Tu te fies à ton ouïe et te précipites dans le cabinet de toilette qui jouxte la salle à manger. Ce que tu cherches se trouve dans la poubelle sous le lavabo.

Tu t'empresses de consulter la messagerie. Le dernier SMS a été expédié par Madame Pervenche : « Je vous laisse une dernière chance de revenir sur votre décision. Dans dix minutes, il sera trop tard ! »

Cette fois, tu la tiens !

 Va vite au 94.

Tu t'approches de Monsieur Olive et l'interpelles :

— J'aimerais vous poser quelques questions. Il se lève en faisant une courbette.

— Je promets de dire la vérité, toute la vérité, rien que la vérité.

— N'en faites pas trop ! lui conseilles-tu. Mettons-nous un peu à l'écart, nous serons plus à l'aise pour bavarder.

Tu désignes un coin du salon au pied d'une immense bibliothèque murale. Vous vous installez sur deux chaises. Contre toute attente, il prend la parole en premier.

— Pardonnez-moi pour tout à l'heure, je ne voulais pas vous contrarier. Nous sommes tous perturbés, ce soir…

— Oublions cela, l'interromps-tu. Venons-en plutôt aux faits !

— Que voulez-vous savoir ?

— Votre version des événements !

— Hélas, Monsieur Violet, comme beaucoup d'êtres humains, je ne vois rien dans le noir !

— Ça n'empêche pas d'entendre.

— Je n'ai rien entendu de plus que vous.

Tu cherches une riposte et ton interlocuteur le comprend.

— Écoutez, Monsieur Violet ! J'ai comme l'impression que je figure en bonne position sur votre liste de suspects, mais je vous assure que vous faites fausse route. Je n'ai rien à voir avec cette histoire, ni de près ni de loin.

— Je suppose que c'est ce que disent tous les suspects en pareille circonstance, commentes-tu.

Monsieur Olive soupire.

— Oui, probablement.

— Qu'avez-vous fait pendant la panne de courant ? lui demandes-tu.

— Je me suis cogné trois fois aux murs en essayant de retrouver le chemin de la cuisine. Je voulais demander à Antoine où se trouvait le disjoncteur.

— Et ?

— J'ai fini par localiser la cuisine, mais il n'y avait personne. Plus exactement, personne n'a répondu à mon appel. J'ai fait marche arrière et la lumière est revenue.

« Sa réponse tient debout », te dis-tu. Si seulement tu avais eu la bonne idée de venir avec ton détecteur de mensonge ce soir, ton enquête prendrait une tout autre allure. En tout cas, Monsieur Olive n'a pas l'air de paniquer, il te semble même parfaitement calme.

— Je suis prêt à vous aider, reprend-il. J'ai une information qui pourrait s'avérer utile.

 Va au 43.

57

— Tu réfléchis à tout ce que vient de t'exposer Madame Pervenche tout en la fixant au fond des yeux.

— Je découvre ce soir une Madame Pervenche que je ne connaissais pas, finis-tu par dire. Je préférais l'autre. Vous pensiez sincèrement que j'allais accepter votre odieux marché ? Que j'allais accuser un innocent et vous laisser vous en tirer pour de l'argent ? Que j'allais salir mon amitié avec le docteur avec d'aussi basses manœuvres ? Pour qui me prenez-vous ?

— Très bien ! Alors voici comment nous allons procéder ! poursuit-elle sur le même ton.

Elle sort un petit revolver de son sac à main et le braque sur ton visage. Ton sang se fige dans tes veines.

— Ne faites pas de bêtise ! murmures-tu.

Sans détourner son arme, elle se lève.

— Une de plus, une de moins, quelle différence ?

— Où allez-vous ?

— Si on vous le demande, répondez que vous n'en savez rien. Moi non plus, d'ailleurs !

Elle recule jusqu'à la porte du bureau.

— Un dernier conseil, lance-t-elle. Ne tentez rien avant que j'aie récupéré mon gant et quitté cette maison. Évitons un bain de sang ! Adieu, Monsieur Violet !

Tu assistes, impuissant, à la fuite de Madame Pervenche.

Tu as obtenu ses aveux, tu connais son mobile et tu sais où se trouve l'arme du crime. Ce serait un sans-faute si elle ne t'avait pas filé entre les doigts au dernier moment.

Il existe plusieurs moyens d'obtenir les mêmes résultats tout en évitant la fuite de l'assassin. Tu peux y arriver !

58

Tu tiens une information de premier ordre concernant Madame Pervenche et tu vas l'exploiter sur-le-champ.

De retour au salon, tu récupères ce que tu as laissé sur la table basse tout en observant Madame Pervenche du coin de l'œil. On dirait qu'elle a déjà compris que tu avais mis la main sur quelque chose.

— C'était une formidable attention de votre part de vouloir faire une surprise au docteur pour son anniversaire, lances-tu négligemment.

— Que voulez-vous dire ? interroge-t-elle en fronçant les sourcils.

— Je trouve juste que c'était une bonne et généreuse idée de dire à Antoine de plonger la maison dans le noir au moment où nous passions à table.

Elle te regarde fixement, et tu donnerais ta main à couper qu'elle se demande comment tu as appris ça. En même temps, elle doit être en train de chercher une parade. Tu n'as pas pu inventer une chose pareille, elle ne peut pas se permettre de nier.

Il faut que tu enfonces le clou.

— Ce que je ne m'explique pas, c'est pourquoi

vous n'avez pas entonné un « Joyeux Anniversaire », ou quelque chose de ce genre…

— Eh bien, oui, c'est vrai que j'avais pensé à une petite surprise pour l'anniversaire de notre ami, répond-elle. Mais j'y ai renoncé, pensant que ça le mettrait peut-être mal à l'aise, et aussi parce que je n'avais pas trouvé le temps de vous prévenir. Il faut que tout le monde soit dans la confidence pour réussir ce type de surprise…

— Et Antoine ? demandes-tu.

— J'ai complètement oublié de l'avertir que j'avais abandonné l'idée…

— C'est regrettable ! Sans cette rupture de courant, le docteur serait encore parmi nous.

— Voyons, intervient Madame Leblanc, c'est certainement une coïncidence ! Je trouve très injuste de votre part de vouloir faire porter la responsabilité de ce crime à Madame Pervenche, qui a eu cette attention si délicate !

— Je suis de votre avis, renchérit Monsieur Moutarde. Je pense que Monsieur Violet pousse le bouchon un peu loin.

Tu sors alors de ta poche le message du majordome.

— Avant d'aller au commissariat, Antoine a rédigé quelques lignes qu'il a laissées en évidence dans la cuisine…

— Que faisiez-vous dans la cuisine ? te demande sèchement Madame Pervenche. Vous étiez censé prendre l'air dehors ! À quel petit jeu jouez-vous, Monsieur Violet ?

— Je… Enfin…, bafouilles-tu. J'étais…

— Je parierais que vous avez des choses à vous reprocher ! poursuit-elle. Vous n'aviez rien à faire dans la cuisine, qui se trouve à l'opposé du jardin. Si ça se trouve, vous êtes allé effacer les preuves de votre crime, et nous avons été assez stupides pour vous faire confiance…

— Mais je…

— Vous nous avez trahis ! te coupe Mademoiselle Rose d'un ton accusateur.

« Que se passe-t-il ? » te demandes-tu. Tu avais la situation bien en main, et voilà qu'elle t'échappe totalement.

 Va au 52.

59

À peine avez-vous rejoint le groupe au salon que Madame Pervenche prend l'initiative du dialogue.

— Monsieur Moutarde, vous êtes fait ! accuse-t-elle. Nous avons la preuve de votre culpabilité.

Elle brandit la liste du notaire.

— Il est écrit noir sur blanc sur cet acte officiel qu'en tant que cousin du docteur, vous êtes l'un de ses héritiers.

Monsieur Moutarde devient rouge pivoine et, curieusement, reste muet.

— Je constate que vous ne niez pas les faits, poursuit ton associée, ce qui va nous permettre de gagner du temps.

Elle se tourne vers le reste du groupe.

— Je propose de rester ici avec lui en attendant la police. Maintenant que nous avons démasqué le coupable, il est inutile que nous perdions tous notre soirée.

« Holà, minute ! » te dis-tu tout bas. Madame Pervenche dépasse les bornes. Tu as sollicité son aide, certes, mais là, elle a pris les commandes de l'enquête et tu te sens dépossédé.

— Il n'en est pas question ! réagis-tu. C'est moi qui ai initié cette enquête. Je ne vous ai jamais demandé de décider à ma place.

—Étant le premier concerné par ce que vous manigancez, j'aimerais bien pouvoir m'exprimer, intervient soudain Monsieur Moutarde. Je n'ai rien à voir avec cette histoire, vos accusations ne sont absolument pas fondées.

— Vous, on ne vous a rien demandé, lui répond Madame Pervenche avec véhémence. Il est un peu tard pour tenter de vous innocenter.

Puis elle se tourne vers toi.

— Qu'à cela ne tienne ! Restez à ma place, je vous la cède volontiers.

Tu es un peu pris au dépourvu. Que faire ?

 Si tu acceptes de rester, va au 39.

Si tu refuses, va au 66.

60

Vous échangez tous les cinq des regards effrayés.

— J'ai rappelé la police, avances-tu. Madame Pervenche n'a sans doute pas eu le temps de disparaître avant leur arrivée.

— Qu'est-ce qu'on fait ? demande Monsieur Olive.

— On ne bouge pas ! réponds-tu en refermant la porte du salon. Inutile de prendre des risques et d'alourdir le bilan de la soirée.

Tandis que vous gardez le silence, des cris vous parviennent depuis le jardin. L'angoisse se lit sur les visages.

— Quand ce cauchemar va-t-il enfin s'arrêter ? interroge Madame Leblanc d'une voix suppliante.

— Je vous avais bien dit que j'étais innocent ! intervient Monsieur Moutarde. J'exige des excuses !

— Oh, vous, ce n'est pas le moment ! le rabroues-tu.

Il ouvre la bouche pour riposter, mais la police déboule alors dans le salon, le laissant sans voix.

— Je suis l'inspecteur Lapipe ! lance un homme vêtu d'une gabardine. Voici mon équipe ! Vous êtes hors de danger !

— Vous en avez mis, du temps ! commente Mademoiselle Rose, visiblement soulagée.

— Qu'est-il arrivé à Madame Pervenche ? demande Madame Leblanc.

— Vous voulez parler de la folle qui nous a tiré dessus dans le jardin ? Heureusement pour nous, elle vise très mal ! Malheureusement pour elle, nous sommes plus adroits ! Mais rassurez-vous, elle n'est que légèrement blessée. Une ambulance la conduit en ce moment même à l'hôpital. Ensuite, elle ira en prison sans passer par la case « départ ». Maintenant, c'est à vous de me dire ce qu'il s'est passé ce soir dans cette maison.

En tant qu'enquêteur autoproclamé, tu te lances dans le résumé de la soirée, depuis le tout début, sans omettre de signaler le message du majordome.

À présent, il est temps de passer le relais aux professionnels et d'admettre que le bilan de ton enquête est maigre : si les révélations d'Antoine et les agissements de Madame Pervenche accusent cette dernière, tu n'as pas découvert l'arme du crime et tu ignores tout de son mobile. Tu as perdu.

FIN

Tu t'es associé à Madame Pervenche
sans te douter un seul instant
qu'elle pouvait être coupable.
À l'avenir, ne te fie pas trop à tes intuitions !

C'est peut-être la chance qui frappe à ta porte. Tu ne peux pas laisser passer cette occasion.

Tu prends ta respiration avant de te lancer.

— Sans vouloir me mêler de ce qui ne me regarde pas, j'ai cru comprendre que vous meniez votre petite enquête, toutes les deux. Figurez-vous que je mène la mienne de mon côté ! Alors je me suis dit qu'en conjuguant nos énergies et nos bonnes volontés, on serait sûrement plus efficaces à trois pour démasquer le coupable, qu'en dites-vous ?

Mesdames Pervenche et Leblanc te regardent d'un air suspicieux.

— Vous êtes très indiscret, Monsieur Violet, te reproche Madame Pervenche.

— Vous avouerez que les circonstances sont particulières et qu'elles poussent à la méfiance, te défends-tu. Notre hôte a été assassiné ce soir, et il est bien naturel de laisser traîner une oreille ici ou là pour s'assurer qu'on n'est pas le prochain sur la liste, n'est-ce pas ?

— Laissez-nous un instant ! t'ordonne Madame Leblanc, nous allons discuter de votre proposition toutes les deux.

 Attends un peu, puis va au 31.

Tu n'auras peut-être plus l'occasion d'aller fouiller dans la maison avant l'arrivée de la police. Aussi, tu décides de profiter de cette liberté temporaire pour continuer tes recherches.

Tu refermes ce tiroir et t'attaques à une pile de courriers contenus dans une chemise en cuir brun posée sur le bureau.

Un document attire rapidement ton attention. Il s'agit d'une feuille au format A4 montrant la photo en couleurs d'un homme en costume-cravate. En légende, deux mots : « Votez Carmin ». Il y a une lettre qui accompagne le tract, signée de la main de ce M. Carmin.

Cher docteur,

Voici notre nouvelle plaquette pour les prochaines élections. Votre avis, à vous qui êtes le soutien essentiel de ma campagne, m'intéresse. Pour ma part, je pense que Madame Pervenche a du souci à se faire.

Amicalement,

M. Carmin

Les bras t'en tombent !

Au moins, tu n'auras pas perdu ton temps en venant dans ce bureau. Après le « scoop Moutarde », voici le « scoop Pervenche » !

Apparemment, la femme politique et votre hôte n'étaient pas du même bord. Loin s'en faut puisque le riche docteur soutenait la campagne de son rival direct !

Cette piste te paraît beaucoup plus sérieuse que celle de Monsieur Moutarde qui, tout champion en arts martiaux qu'il est, ne ferait, à ton avis, pas de mal à une mouche.

Il est temps d'aller provoquer Madame Pervenche.

 Si tu décides de l'affronter publiquement, va au 8.

Si tu préfères l'entraîner à l'écart, va au 17.

Oui, cette information est capitale. De tous les convives du docteur réunis ce soir, il y en a un qui a un mobile évident : Monsieur Moutarde. À compter de ce soir, il est riche ! Une partie de la fortune du docteur lui revient de plein droit. Tu n'espérais pas mettre la main sur un document aussi compromettant pour l'un d'entre vous en venant fouiner dans ce bureau. Maintenant que tu le tiens, tu vas t'en servir pour faire avouer Monsieur Moutarde.

Tu retournes au salon.

— Vous vous sentez mieux ? te demande Madame Leblanc.

Tu la rassures d'un petit sourire bienveillant.

Tu récupères tes lunettes et autres effets personnels laissés sur la table basse, et tu t'assieds sur une chaise.

Si tu choisis d'interpeller Monsieur Moutarde publiquement, va au 48.

Si tu préfères agir plus discrètement, va au 16.

Ce que vous a appris Monsieur Olive vous conduit à relativiser l'importance accordée à votre intuition première. Aucun convive n'est à écarter d'office.

Il est temps à présent d'interroger Mesdames Leblanc et Pervenche.

Comme précédemment avec les hommes, vous vous partagez le travail.

— Je m'occupe de Madame Pervenche, proposes-tu.

— Et moi, de Madame Leblanc ! réplique ta partenaire.

Va au 33.

Tu déposes délicatement l'arme et le gant sur la table.

— Le gant, c'est pour éviter de laisser des empreintes ? interroge Mademoiselle Rose.

— Sans doute.

Machinalement, tu reprends le gant et cherches à l'enfiler, mais… c'est impossible : il est bien trop petit.

— C'est un gant de femme ! t'exclames-tu avec effarement.

Mademoiselle Rose devient livide.

— Vous en êtes sûr ?

— Certain ! C'est même le gant d'une droitière !

— Ça change tout !

— Comme vous dites ! Notre intuition nous a joué un mauvais tour. Le meurtrier est une femme. Ce qui nous laisse deux possibilités : il s'agit soit de Madame Pervenche, soit de Madame Leblanc.

Tu ne peux pas imaginer une seconde que Mademoiselle Rose soit en cause. De toute façon, elle est gauchère.

Si tu penses qu'il est nécessaire de déterminer le mobile du crime avant d'affronter Mesdames Pervenche et Leblanc, va au 20.

Si tu estimes que la découverte de l'arme vous autorise à le faire, va au 50.

66

— **P**ersonne ne quittera cette maison avant l'arrivée de la police ! rétorques-tu. Quand bien même le coupable avouerait son crime, il est hors de question que nous nous dispersions.

Le visage de Madame Pervenche se ferme d'un seul coup.

— Très bien, comme vous voudrez ! lâche-t-elle, vexée. Je me demande bien pourquoi j'ai accepté de vous aider. En tout cas, ne comptez plus sur moi !

— Si je peux me permettre de dire quelque chose, intervient alors Monsieur Moutarde, sachez que vous faites fausse route. En dépit des apparences, je ne suis pas le coupable.

— Expliquez-nous ça ! lui réponds-tu.

— Mon cher Monsieur Violet, sachez qu'en matière de justice, c'est au juge de prouver que quelqu'un est coupable, et non à l'accusé de prouver qu'il est innocent.

Tu te tournes vers Madame Leblanc, dont c'est le métier.

— Qu'en dites-vous ?

Mais l'avocate ignore ta question, elle n'a d'yeux que pour Madame Pervenche.

— Que se passe-t-il ? lui demande-t-elle.

Madame Pervenche ne répondant pas, elle se lève pour lui prendre la main.

— Ne restez pas planté là ! Allez donc chercher un verre d'eau ! t'ordonne Madame Leblanc. Vous voyez bien qu'elle se sent mal !

Madame Pervenche a en effet le teint un peu pâle. Tu te décides donc à aller à la cuisine.

Tu te dépêches de remplir un verre d'eau au robinet quand, au moment de retourner au salon, une feuille de papier posée sur la table attire ton attention. Tu t'approches… et lis les quelques lignes manuscrites : *Madame Pervenche m'a demandé de simuler une panne de courant pendant le discours de bienvenue du docteur parce qu'elle voulait lui faire une surprise pour son anniversaire. J'ai compris trop tard que ses intentions étaient tout autres. Je jure que je…*

Tu es troublé, tu n'arrives pas à croire que Madame Pervenche ait quelque chose à voir avec l'assassinat du docteur. Dire que tu l'avais choisie pour partenaire ! Pourtant, ce message inachevé, écrit sans aucun doute par Antoine avant que vous ne l'envoyiez chercher des secours, parle de lui-même. Et, en y repensant, cela expliquerait le comportement étrange de Madame Pervenche depuis le début de votre association. Si ça se trouve, elle t'a toujours mené en bateau. Elle a peut-être même simulé ce malaise pour t'éloigner.

Et pourquoi Antoine met-il autant de temps à revenir avec la police ?

Il y a décidément quelque chose qui cloche…

Tu rappelles le 17 avec ton téléphone portable. Cette fois, la ligne est libre et on t'apprend que le meurtre du docteur n'a pas encore été signalé. En revanche, on te promet qu'une équipe arrivera dans les plus brefs délais.

Il faut à tout prix retenir Madame Pervenche jusque-là.

 Va vite au 22.

67

Le hasard fait bien les choses. La discussion semble tourner court entre Messieurs Moutarde et Olive. Ce dernier va s'asseoir et tu en profites pour l'aborder.

— J'ai cru comprendre que vous vous occupiez des biens du docteur, dans le passé, lui lances-tu. Vous pensez que le meurtre a un rapport avec sa fortune ?

Il te répond dans un premier temps par un regard désapprobateur.

— Ce n'est pas très élégant d'écouter les conversations des autres, réplique-t-il.

— Un soir comme celui-ci, ça me semble de bonne guerre.

— Peut-être… De toute façon, ce n'est pas un secret et je n'ai rien à cacher. Et pour répondre à votre question, le lien me paraît assez évident.

— Vous avez une idée de l'identité du meurtrier ?

— Quand bien même j'en aurais une, je la garderais pour moi en attendant d'en faire part aux policiers qui seront chargés de l'enquête.

Te voilà bien avancé.

— Il n'y a pas de mal à échanger des points de vue, insistes-tu. Et ce n'est pas incompatible avec le fait de livrer à la police les informations dont on dispose.

Il te fixe du regard en réfléchissant à sa réponse.

— Vous avez employé une expression fort à propos tout à l'heure : « de bonne guerre ». Eh bien, en tant de guerre, on n'est jamais trop prudent, et moins on en dit, mieux on se porte.

Tu n'en tireras rien de plus.

 Va au 47.

Ta question lui a fait l'effet d'un uppercut. Monsieur Moutarde est groggy. Avant qu'il ne retrouve ses esprits, tu décides de lui décocher un direct du droit dans le plexus :

— Le piège se referme, Monsieur Moutarde ? On dirait que cette histoire d'héritage vous fait perdre tous vos moyens. Ressaisissez-vous, mon vieux !

Il est dans les cordes ! Un bon crochet dans la mâchoire et il tomberait KO. Le problème, c'est que tu n'as plus de munitions. Tu ne vois pas en quoi il serait concerné par l'héritage du docteur. En fait, tu n'as rien contre lui, aucune preuve, pas le moindre élément à charge, si ce n'est cette panique qui semble l'habiter. Ce n'est pas suffisant pour porter le coup de grâce.

Le temps de ta réflexion, il a repris quelques couleurs et retrouvé une certaine contenance. Il pose enfin son regard sur toi.

— Suivez-moi ! lâche-t-il sèchement.

— Avec joie ! réponds-tu du tac au tac.

 Fonce au 53.

Un silence s'installe.

— Attendons la police ! suggère Monsieur Olive.

— Justement, rétorque Mademoiselle Rose, elle en met, du temps à venir ! Antoine a dû se perdre.

— C'est impossible, voyons ! objectes-tu.

Elle prend son téléphone.

— Je vais les rappeler, on en aura le cœur net. Les lignes sont peut-être moins encombrées maintenant...

En effet, cette fois, l'appel aboutit et on répond à Mademoiselle Rose. Elle explique la situation, puis raccroche.

— Ils seront là dans cinq minutes !

Monsieur Moutarde paraît ravi. En revanche, Madame Pervenche fait une drôle de tête. Prise de panique, elle se lève et menace l'assemblée avec un revolver.

— Laissez-moi partir et je ne m'en servirai pas ! lance-t-elle. Sinon je n'hésiterai pas !

Vous êtes tous sous le choc. Ainsi, ce serait elle, la coupable ?

Tu aimerais lui poser quelques questions et la retenir jusqu'à l'arrivée de la police, mais la froideur avec laquelle elle brandit son arme et la détermination que tu lis sur son visage t'en dissuadent.

Madame Pervenche vous quitte sans explication. Antoine vous en fournira quelques-unes dans un instant, et l'enquête de police donnera raison à Monsieur Olive.

N'est pas héros qui veut !
Si tu n'avais pas accusé Monsieur Moutarde
et si tu ne t'étais pas mis à dos Monsieur Olive,
vous auriez peut-être pu tenter quelque chose
à trois pour retenir Madame Pervenche.
Sois plus perspicace et recommence !

70

Ton coup de bluff n'est pas vain, dirait-on. Contre toute attente, Mesdames Pervenche et Leblanc semblent très intéressées par tes insinuations.

— Je pense que Monsieur Violet a raison, renchérit Madame Leblanc. La mort du docteur ne fait-elle pas vos affaires, Monsieur Moutarde ?

— Pourquoi ne nous parlez-vous pas de votre petit secret ? ajoute Madame Pervenche.

On dirait qu'elles savent quelque chose que tu ignores encore. Mais tu le sauras bien assez tôt. Pour l'instant, il te semble que Monsieur Moutarde est près de craquer, il suffoque. La panique le prend à la gorge. C'est un sportif, alors applique les règles du sport : fais-lui mordre la poussière avant qu'une bouffée d'oxygène ne le relance !

— Avouez tout, Monsieur Moutarde, vous êtes fait ! ordonnes-tu.

Tout à coup, une expression que tu ne lui connais pas se dessine sur son visage. Ses yeux s'enfoncent dans leurs orbites et ses lèvres deviennent grises.

— Mais laissez-le tranquille ! intervient Mademoiselle Rose. Pourquoi vous acharnez-vous ainsi ?

— Il le sait très bien, répliques-tu calmement sans le lâcher du regard. Et il va nous l'expliquer bien gentiment !

Soudain, Monsieur Moutarde se lève et empoigne un immense chandelier qui reposait sur une cheminée.

L'écume aux coins de la bouche, il le brandit en tremblotant.

— Je vous préviens : j'assomme celui qui s'approche de moi !

 File au 88.

71

Passé l'effet de surprise, tu tentes de raisonner Madame Pervenche.

— Posez cette arme et donnez-moi cette feuille !

Mais elle n'a pas sorti un revolver de son sac pour finalement t'obéir. C'est elle qui est maintenant en mesure de te menacer.

— Laissez-moi passer ou je tire ! ordonne-t-elle.

Tu refuses de bouger.

— Vous ne ferez pas ça !

C'est mal la connaître car, l'instant d'après, elle baisse son arme à hauteur de ta cuisse et appuie sur la détente.

La déflagration retentit et tu t'écroules sous l'effet de la douleur. C'est comme si une boule de feu s'était introduite dans ta chair.

Tu ne réalises même pas que Madame Pervenche quitte la pièce et, du même coup, la maison.

Les autres arrivent pour te secourir, mais il est trop tard.

Tu as sans doute découvert le coupable, mais malgré toi et à tes dépens. Et tu n'apprendras que bien plus tard ce qui était écrit sur cette mystérieuse feuille de papier.

Cette lettre est une des pièces à conviction.
Recommence ton enquête en essayant
de la trouver avant le coupable !

72

Madame Leblanc est une avocate reconnue. Elle t'apparaît comme la personne la plus compétente pour mener avec toi cette enquête.

Cependant, ta proposition ne l'enchante pas. Ne t'a-t-elle pas fait remarquer, il y a quelques minutes à peine, que la logique mathématique n'avait pas forcément beaucoup de rapports avec l'esprit de déduction que l'on rencontre chez un bon enquêteur ?

— Confrontons mes raisonnements cartésiens à votre psychologie féminine ! insistes-tu. Nous sommes parfaitement complémentaires !

À force de persuasion, Madame Leblanc consent à t'aider.

Vous vous tenez debout près de la fenêtre donnant sur le jardin. Son regard se perd sur les arbres, discrètement éclairés par des projecteurs dissimulés à leurs pieds.

— Quel est votre sentiment sur toute cette affaire ? lui demandes-tu. Si vous deviez interroger votre intuition, que vous répondrait-elle ?

— Écoutez, Monsieur Violet, on ne juge pas les gens d'après des intuitions, et je me garderai bien de faire des pronostics hasardeux. En revanche, je peux vous livrer une information très concrète.

— Je vous écoute.

— Il existe un lien de parenté entre le docteur et Monsieur Moutarde.

— Sans blague !

— Est-ce que j'ai l'air de plaisanter ? réplique-t-elle, agacée. Je crois qu'ils sont cousins, assez éloignés, mais cousins quand même.

— Et le docteur n'a ni frère, ni sœur, ni descendance, n'est-ce pas ?

— En effet ! Et ses parents sont décédés depuis longtemps.

— Ce qui fait de Monsieur Moutarde un héritier du docteur. Très intéressant ! D'autant plus intéressant que le docteur était milliardaire ! Et d'ailleurs, si cela n'avait pas été le cas, vous n'auriez peut-être même pas pensé à partager cette information.

— Vous êtes libre d'en tirer les conclusions que vous voulez.

— Est-ce que Monsieur Moutarde sait que vous êtes au courant de cette parenté ? demandes-tu.

— Je crois que oui.

— Qui d'autre est au courant ?

— Je pense que je suis la seule ici. J'ai

dû l'apprendre par accident. Je crois que le docteur ne tenait pas à ce que ça se sache.

— Pourquoi ?

— Je l'ignore. Et il est trop tard pour le lui demander.

— Ne pensez-vous pas qu'il est temps de poser quelques questions à notre ami Monsieur Moutarde ?

Madame Leblanc approuve d'un hochement de tête.

 Allez au 38.

73

— **B**on sang ! t'écries-tu. Que faites-vous dans un bar alors que vous devriez être au commissariat ?

Antoine te raconte ce qu'il s'est passé. Madame Pervenche lui a demandé de plonger la maison dans le noir pendant le discours du docteur. Elle avait, disait-elle, préparé une surprise pour son anniversaire.

— Ça n'explique pas que vous vous soyez arrêté dans un bar, poursuis-tu. Vous boirez un coup en revenant, mon vieux !

— Aussitôt après mon départ, Madame Pervenche m'a envoyé un SMS me demandant de ne surtout pas me presser, de m'installer quelque part en attendant son feu vert… te répond-il. Quand vous m'avez appelé, je pensais que c'était elle…

— Pourquoi l'avez-vous écoutée ?! grondes-tu. Votre mission était de revenir avec des secours !

— J'ai paniqué, Monsieur Violet. Je ne voulais pas qu'elle m'accuse de complicité si je ne faisais pas ce qu'elle disait…

— Je comprends, Antoine. Mais maintenant, allez-y vite ! C'est un ordre !

— Oui, Monsieur.

Tu raccroches. Inutile de faire un rapport à Mademoiselle Rose : elle a tout entendu.

— Allons coincer Madame Pervenche ! lui lances-tu.

 Allez au 92.

74

Vous voilà à nouveau réunis tous les six dans le salon.

Mademoiselle Rose commençait à trouver le temps long.

— Où étiez-vous ? lance-t-elle. Ça ne vous paraît pas bizarre que la police ne soit pas encore là ?

— Nous avons découvert la vérité, lui réponds-tu.

Monsieur Moutarde, Madame Pervenche et Mademoiselle Rose se raidissent sur leurs sièges comme un seul homme.

— C'est Madame Pervenche qui a tué notre ami ! déclares-tu.

L'intéressée devient soudain livide et, l'instant d'après, elle tend brusquement la main vers son sac. Monsieur Olive, qui s'était positionné juste derrière son siège, fond sur elle et lui bloque le poignet d'un geste brutal et précis à la fois.

Tu te jettes sur le sac à main de Madame Pervenche et l'ouvres : un frisson te parcourt le dos. La crosse d'un revolver s'offre à ta vue.

— Il est temps de tout avouer, Madame Pervenche, lui lance ta partenaire.

Mais la meurtrière semble paralysée, incapable d'ouvrir la bouche. Après de longues secondes de silence, tu décides de l'aider.

— Je vais résumer la situation pour vous, proposes-tu. Interrompez-moi si je me trompe. Voici comment les choses se sont passées : vous demandez à Antoine de s'arranger pour couper le courant au moment où nous passons à table, sous prétexte de faire une surprise au docteur à l'occasion de son anniversaire. Pendant que nous nous affairons tous à rétablir la lumière, vous en profitez pour lui enfoncer un couteau dans le cœur. Puis vous glissez celui-ci dans la poche de son pantalon avec le gant en cuir qui vous a permis de ne laisser aucune empreinte sur le manche. La lumière revient et le tour est joué. Pourquoi vous avez fait tout cela ? Parce que le docteur avait décidé de soutenir la campagne de votre rival, M. Carmin, aux prochaines élections locales, ce qui, d'une part, vous était insupportable et, d'autre part, réduisait à néant vos chances de gagner ce scrutin. Joli monde que celui de la politique, n'est-ce pas ?

Il s'écoule encore quelques secondes durant lesquelles cinq paires d'yeux fixent Madame Pervenche avec insistance, puis celle-ci éclate en sanglots.

— Vous ne niez donc pas les faits, constates-tu.

En effet, elle ne tente pas de le faire, ni même de se justifier.

— Peut-être devrions-nous rappeler la police, suggère Madame Leblanc. C'est vrai qu'il se passe quelque chose d'anormal.

Tu le fais de bonne grâce et, cette fois, on te répond et te promet des secours très rapidement.

Quelques minutes plus tard, tu as droit aux félicitations et à un grand merci de l'inspecteur Lapipe, à qui tu as mâché le travail.

FIN

Tu as résolu l'enquête avec brio, en fournissant aux policiers le coupable, l'arme utilisée et le mobile. Mais sais-tu qu'il existe d'autres moyens de découvrir la vérité ?

En deux temps trois mouvements, Monsieur Moutarde te plaque contre la fenêtre, ton bras droit tordu dans le dos. La douleur est vive. Mais, cette fois encore, pas question de perdre la face.

— Des excuses ! répète Monsieur Moutarde.

— Même pas mal ! crânes-tu de nouveau.

Les autres se sont approchés pour vous séparer.

— Vous n'avez pas honte ? demande Madame Leblanc.

— De vrais gamins ! renchérit Mademoiselle Rose.

Monsieur Moutarde serre encore un peu sa prise. La douleur devient insupportable.

— Allons ! Excusez-vous, mon vieux, et qu'on n'en parle plus ! te suggère Monsieur Olive.

Tu n'as plus le choix. Tu as provoqué Monsieur Moutarde, mais tu as perdu ton bras de fer.

— Je retire ce que j'ai dit, bafouilles-tu. Je m'excuse…

Monsieur Moutarde relâche ton poignet et s'essuie les mains. Tu croises son regard et y lis comme une expression de dégoût. Humilié, tu te frottes le coude pour tenter de faire disparaître la douleur et ressens simultanément l'animosité de tout le groupe peser sur tes épaules.

— Le rôle de justicier ne vous va pas du tout, Monsieur Violet. Vous devriez vous cantonner à vos petites inventions grotesques dont tout le monde se fiche, te lance Mademoiselle Rose.

Et *vlan* !

Ta mission s'arrête là car plus personne ne t'adresse la parole de la soirée. Tu t'es torpillé tout seul. De toute façon, ton enquête partait très mal.

Il est très risqué de provoquer quelqu'un
de plus fort que soi physiquement.
Tu viens de l'apprendre à tes dépens.
Sois plus prudent et recommence !

Madame Pervenche est restée debout. Elle passe en revue une pile de documents entassés sur le bureau du docteur, à côté de l'écran de l'ordinateur.

Toi, tu es assis dans son fauteuil, tu fouines dans les tiroirs. Tout à ta recherche, tu feuillettes des dossiers, fébrile à l'idée de mettre la main sur un document qui éclairerait enfin les choses.

Soudain, tu reçois un violent coup sur le sommet du crâne. Trente-six chandelles s'allument sous tes paupières et tu perds connaissance.

Lorsque tu reviens à toi, le SAMU et la police sont là, mais Madame Pervenche a disparu.

FIN

En enquêtant à trois, il y avait une chance sur deux pour que le coupable fasse partie de votre groupe (toi qui t'y connais en probabilités, cela n'a pas pu t'échapper). N'oublie jamais que, sans un alibi en béton, un partenaire est avant tout un suspect, et recommence !

Tu fonces, tête baissée, jusqu'au bureau du docteur et prends place dans son fauteuil.

Tu ouvres les tiroirs, et le premier dossier sur lequel tu tombes est intitulé « Notaire ». Étant donné la fortune du docteur, le mobile du meurtre pourrait bien être l'argent. Mais qui en héritera puisqu'il n'avait pas d'enfants, pas de frère ni de sœur, et que ses parents étaient morts ? La réponse se trouve peut-être dans cette chemise qui comporte de nombreux actes notariés. Puis tu découvres une liste de noms, à côté desquels est précisé pour chacun le lien de parenté avec le docteur. « Voici les personnes qui vont se partager le gâteau ! » en déduis-tu. Figurent dans l'énumération quelques Lenoir, cousins, cousines, oncles, tantes, neveux ou nièces à des degrés divers, puis une série d'autres noms… Quelle n'est pas ta surprise de découvrir parmi eux l'un des convives du docteur, présent ce soir : Monsieur Moutarde, en personne, qualifié de petit-cousin issu de germain !

« Ça, pour un scoop, c'est un sacré scoop ! te dis-tu. Ainsi, Monsieur Moutarde fait partie des chanceux qui vont recevoir une partie du pactole… »

Si tu penses que l'information est inté-ressante, mais que tu dois néanmoins poursuivre tes recherches, va au 62.

Si tu estimes qu'elle vaut de l'or et te suffit pour aller cuisiner Monsieur Moutarde, va au 63.

— Le docteur a été tué dans la salle à manger, dis-tu à Mademoiselle Rose une fois dans le couloir. À mon avis, le meurtrier n'a pas eu le temps d'aller cacher l'arme ailleurs.

— Vous avez sans doute raison, commençons par là !

En pénétrant dans la pièce, la présence du cadavre du docteur vous glace le sang. Un temps d'adaptation est nécessaire avant de passer à l'action.

La salle à manger est vaste. Plusieurs meubles encadrent une longue table : un buffet, un vaisselier, deux consoles et une sorte de table basse disposée sous une grande fenêtre. Vous vous partagez la tâche et entamez votre exploration, qui s'annonce plus fastidieuse que tu ne l'avais imaginée.

 Va au 49.

Tu n'es pas très sportif, loin s'en faut, mais tu apprécies un bon match de boxe à la télé de temps à autre, et tu sais ce qu'un round d'observation veut dire : c'est ce moment où les protagonistes s'observent, se jaugent, se gardant bien de porter le moindre coup qui les forcerait à se découvrir.

En application de cette méthode, tu t'assieds sur un siège qui te permet d'englober du regard l'ensemble des invités du docteur. De là, tu peux les observer attentivement sans éveiller de soupçons.

Mesdames Pervenche et Leblanc se sont assises côte à côte sur un canapé et bavardent à voix basse. Mademoiselle Rose feuillette un magazine de mode, installée dans un fauteuil club en cuir brun. Quant à Messieurs Olive et Moutarde, ils papotent debout près d'une fenêtre donnant sur le jardin.

Tu guettes une attitude équivoque, un comportement inhabituel, mais rien ne te saute aux yeux, si ce n'est une pointe de nervosité chez Monsieur Moutarde.

Au bout de quelques minutes, tu te lèves pour t'approcher discrètement de lui et de Monsieur Olive. L'air de rien, en déambulant, tu perçois des bribes de conversation. Tu apprends ainsi que Monsieur Olive s'était occupé il y a quelques années d'une partie des biens du docteur, qui laisse une grande fortune derrière lui. « Intéressant ! » juges-tu.

Si tu décides de garder cette information sous le coude et de poursuivre tes observations, va au 7.

Si tu préfères consulter Monsieur Olive en tête-à-tête pour tenter d'en apprendre plus, va au 67.

80

— Où étiez-vous passés ? demande aussitôt Madame Leblanc.

— J'avais quelque chose de confidentiel à révéler à Monsieur Violet, répond Monsieur Moutarde.

— Vous auriez pu demander l'autorisation ! intervient Madame Pervenche.

— En fait, Monsieur Moutarde avait envie de me chatouiller, répliques-tu. Je suppose que c'est embarrassant d'avouer ça.

Une fois de plus, l'intéressé ne relève pas, et les autres vous regardent vous rasseoir avec perplexité.

Tu fais le malin, mais la douleur n'a pas complètement disparu. Tu as eu une sacrée frousse. Un peu plus, et tu te retrouvais handicapé à vie. Le jeu en vaut-il la chandelle ? Tu ne le penses pas. Mieux vaut être un peu lâche et en bonne santé qu'un héros en chaise roulante. Tu décides de jeter l'éponge et de mettre fin à ton enquête.

Quelques instants plus tard, Mademoiselle Rose sort son téléphone portable.

— J'en ai assez d'attendre, je rappelle la police.

Cette fois, un agent répond et les secours arrivent.

Le bilan de ton enquête est nul !

Tout le monde a le droit à l'erreur.
Oublie cet essai malheureux et reprends
ton investigation depuis le début !

81

Vous vous êtes absentés cinq minutes à peine et le salon s'est transformé en champ de bataille.

Mademoiselle Rose te fait un bref résumé des événements : Madame Pervenche a ouvertement accusé Monsieur Moutarde d'avoir tué le docteur. Vexé, Monsieur Moutarde s'est défendu avec des propos insultants. Galamment, Monsieur Olive a pris la défense de Madame Pervenche, et le ton entre les deux hommes est monté rapidement. C'est finalement Monsieur Olive qui a frappé le premier. Les femmes ont voulu s'interposer, et au bout de quelques secondes, on ne savait plus qui envoyait des gifles à qui.

Ton retour avec Madame Leblanc a figé les gestes de chacun, mais dès que Mademoiselle Rose a terminé son résumé, les coups se remettent à pleuvoir, comme si elle avait rappuyé sur « Play » pour relancer l'action.

À votre tour, Madame Leblanc et toi tentez de mettre fin au pugilat, mais vous n'êtes pas épargnés non plus et recevez quelques claques qui ne vous étaient peut-être même pas destinées.

Soudain, Madame Pervenche s'écroule. Elle a perdu connaissance. Tu serais incapable de dire qui lui a administré le coup responsable de son évanouissement. En tout cas, il sonne la fin de la bagarre générale. Un grand silence s'abat.

Madame Leblanc se baisse pour lui tapoter les joues. En vain.

— Qu'est-ce qu'on fait ? demande Mademoiselle Rose.

Tu regardes ta montre, puis sors ton téléphone et compose le 17.

Cette fois, on te répond, et quelques minutes plus tard, la police et le SAMU sont là.

Madame Pervenche est transportée aux urgences tandis que l'inspecteur Lapipe prend les premières dépositions des autres convives en attendant l'arrivée du médecin légiste et de la police scientifique.

Tu apprendras dans peu de temps que Madame Pervenche a joué la comédie : elle a simulé cet évanouissement pour quitter la maison du docteur sans être soupçonnée. Elle s'est enfuie de l'hôpital dès qu'elle a pu.

Est-il indispensable de te préciser que tu as perdu ?

Tu dois être plus vigilant que ça.
N'oublie pas qu'il y a dans la maison
un coupable qui a bien l'intention de repartir
sans menottes aux poignets !
Recommence en faisant tout pour éviter
que ça se reproduise.

82

Il vous faut des preuves avant d'affronter Monsieur Moutarde. Mettre la main sur l'arme blanche qui a servi à tuer le docteur constituerait une avancée décisive. Tu décides donc avec Mademoiselle Rose de partir à sa recherche à travers la maison. En effet, il te paraît peu vraisemblable que le meurtrier l'ait conservée sur lui. Mais le groupe n'est pas prêt à vous laisser quitter le salon sans garantie de vous revoir. Ce n'est pas parce que vous vous êtes autoproclamés enquêteurs que vous êtes innocents. À leurs yeux, vous demeurez aussi suspects que n'importe quel convive.

Tu as une idée qui rassurera tout le monde.

— Cette villa est équipée d'une alarme, expliques-tu. Fermons les issues, branchons le système et rapportons la clé ici. Si l'un de nous ouvre une porte ou une fenêtre pour s'évader, tous les autres en seront aussitôt avertis par l'alarme qui se déclenchera automatiquement.

Ta proposition est accueillie favorablement par l'ensemble du groupe. Vous faites tous ensemble le tour de la maison pour en verrouiller les portes et les fenêtres. Dans le vestibule, vous enclenchez le système de sécurité, puis retournez au salon. Enfin, tu déposes la clé sur la table basse au centre de la pièce.

— Allons-y ! lances-tu à Mademoiselle Rose.

 Filez au 78.

83

Vous raccompagnez Monsieur Olive au salon et priez Madame Pervenche de vous suivre jusqu'au bureau. Étonnamment, elle vous emboîte le pas avec le sourire.

— Enfin un peu d'animation ! lance-t-elle sur un ton enjoué. Je commençais à m'ennuyer !

Madame Leblanc pénètre en premier dans le bureau. Par galanterie, tu t'effaces pour laisser entrer Madame Pervenche. Mais, en une fraction de seconde, elle te pousse à l'intérieur, claque la porte et donne un tour de clé. Tu ne t'y attendais pas du tout, et c'est la raison pour laquelle tu n'as pas pu réagir à temps. L'effet de surprise a joué en sa faveur.

Tu te sens terriblement confus. Madame Leblanc t'observe fixement. Qu'y a-t-il à ajouter ?

Tu te mets à tambouriner contre la porte, mais le couloir est long jusqu'au salon : aucune chance qu'on t'entende !

— Le temps qu'on nous délivre, elle sera loin, commente Madame Leblanc.

— Oui, acquiesces-tu. Et s'il y a des traces de son forfait à effacer, elle a tout le loisir de le faire avant de quitter la maison.

— Je m'en veux, confesses-tu. Je me suis laissé embobiner par son histoire d'animation ; du coup, j'ai manqué de vigilance.

— N'en parlons plus, nous avons fait ce que nous pouvions.

Visiblement, ce n'était pas suffisant. Tu as perdu.

**Un criminel sur le point d'être démasqué
est prêt à tout pour sauver sa peau.
Tâche de t'en souvenir à l'avenir.**

Intéressons-nous un peu à ces « dames ! » te dis-tu.

Mademoiselle Rose étant encore tout à son magazine, ton attention se focalise sur Mesdames Pervenche et Leblanc dont la conversation semble se poursuivre. Tu t'approches négligemment d'elles, jusqu'à percevoir quelques mots, dont ceux-ci : « coupable », « mobile », « criminel »… On dirait qu'elles observent les autres, elles aussi, qu'elles échangent des commentaires, des points de vue. On dirait même qu'elles complotent !

Et soudain tout s'éclaire dans ton esprit : elles se sont lancées dans la même aventure que toi : elles enquêtent sur la mort du docteur ! Après tout, elles ont autant de légitimité que toi pour le faire.

Un choix important s'impose !

Si tu préfères rester discret pour essayer de leur soustraire des informations, va au 25.

Si tu décides de leur proposer ton aide, va au 61.

Vos deux découvertes concordent et les déductions sont évidentes. Il semble que vous teniez la coupable, mais ni ta partenaire ni toi n'avez la moindre idée de ce que pourrait être son mobile.

— Moi, je connais les raisons pour lesquelles Madame Pervenche a pu commettre ce crime, intervient soudain Monsieur Olive.

Vous vous tournez vers lui.

Il n'a pas l'air de plaisanter.

— Expliquez-vous ! ordonnes-tu.

— Les choses sont claires : Madame Pervenche a éliminé le docteur Lenoir parce qu'il avait donné son accord à M. Carmin pour financer sa campagne électorale.

Vous le regardez sans comprendre.

— M. Carmin se présente contre Madame Pervenche aux prochaines élections locales, précise Monsieur Olive.

— Et alors ? interroges-tu, quitte à passer pour un imbécile.

Monsieur Olive soupire.

— Avec le docteur comme soutien financier, M. Carmin était sûr de l'emporter. Madame Pervenche l'a très bien compris. Sans compter qu'elle a vécu ça comme une trahison !

— Pourquoi a-t-il décidé de soutenir ce M. Carmin plutôt que son amie Madame Pervenche ?

— Par conviction politique, tout simplement. Le docteur était un homme droit.

Madame Leblanc écoute les révélations de Monsieur Olive avec un air sceptique.

— Comment savez-vous tout ça ? interroge-t-elle enfin.

— Je travaille actuellement pour M. Carmin. Je m'occupe de la comptabilité de sa campagne.

— Pourquoi ne l'avez-vous pas dit plus tôt ? lui reproches-tu.

— Ce n'est pas mon genre, de crier sur tous les toits le détail de mes activités professionnelles. Et puis, ce n'est pas moi qui ai pris les rênes de cette enquête.

Quoi qu'il en soit, en dix minutes, votre enquête a fait un bond prodigieux. Vous avez en main des preuves accablantes. Entre la lettre d'Antoine, le couteau et le gant ayant servi à tuer le docteur, et les informations de Monsieur Olive, Madame Pervenche est faite. Vous en êtes tous les trois convaincus.

— Il ne nous reste plus qu'à lui faire avouer son crime, conclus-tu. Mais nous devons rester sur nos gardes : quelqu'un capable de tuer un ami n'hésitera pas à recommencer s'il se sent en danger !

 Va au 74.

86

Monsieur Olive est retourné au salon.

Madame Leblanc va chercher Madame Pervenche, qui accepte de la suivre. Lorsque cette dernière entre dans le bureau, tu demandes à ton associée d'aller chercher des verres et une carafe d'eau à la cuisine.

Tu te retrouves seul avec ta nouvelle suspecte n° 1.

— Madame Pervenche, notre enquête avance à grands pas. Avant de vous en dévoiler les premiers résultats, je me suis dit que vous aviez peut-être des révélations à me faire…

— Je ne vois pas de quoi vous voulez parler, répond-elle d'un air pincé.

Tu te lances alors dans une démonstration claire et limpide, que tu résumes en une dernière phrase très explicite :

— Nous avons acquis la certitude que vous avez poignardé le docteur parce qu'il avait décidé de financer votre rival aux prochaines élections.

Ton interlocutrice soutient ton regard sans ciller.

— Si, un jour, j'ai besoin d'un détective privé, ce n'est pas à vous que je ferai appel.

— C'est tout ce que ces accusations vous inspirent comme commentaire ?

— Je ne voudrais pas vous vexer en développant ma pensée.

— Je ne demande qu'à me tromper ! Allez-y, je vous en prie ! Donnez-moi votre version des faits !

Elle se lève.

Il semblerait que ta mission ait capoté.

— Je ne vous suivrai pas sur ce terrain grotesque.

Elle fait demi-tour et tombe nez à nez avec Madame Leblanc qui lui barre le passage, une feuille de papier à la main.

— J'étais partie chercher de l'eau, dit-elle, mais j'ai trouvé beaucoup mieux.

Madame Pervenche recule de quelques pas à l'intérieur du bureau, en serrant son sac à main contre elle.

— Il s'agit d'un début de lettre laissée dans la cuisine par Antoine.

 Pour savoir ce que contient cette lettre, va au 96.

87

Tu fais le point. Monsieur Moutarde a un comportement étrange : il est anormalement nerveux. De plus, il possède un sérieux mobile : en tuant le docteur, il précipitait l'héritage d'une partie de sa fortune, puisqu'ils étaient cousins. Enfin, dans l'une de ses poches se trouve l'objet qui a peut-être servi au meurtre. Toutefois, tu ne veux pas te hâter. Ton enquête est bien partie, pourtant tu restes en attente du faux pas qui le trahira définitivement. Tu décides donc de patienter encore un peu.

Mais rien ne se passe dans les minutes qui suivent. Et si tu le provoquais pour le pousser à la faute ?

— Comme il est douloureux de perdre un ami, lui lances-tu. Mais j'imagine que la peine est encore plus grande lorsqu'il s'agit d'un parent, n'est-ce pas ?

Monsieur Moutarde te regarde du coin de l'œil, mais se garde de te répondre.

— Enfin ! poursuis-tu. Il paraît que le malheur des uns fait le bonheur des autres…

Tu sens le sang bouillir dans ses veines. Et cette fois, il ne peut se retenir de réagir.

— Que voulez-vous dire ?

— Je veux dire que la mort du docteur va rendre quelques parents très heureux, vu sa fortune…

— Vous ne seriez pas en train d'insinuer…

— Je n'insinue rien, Monsieur Moutarde. Je dis clairement que le niveau de vie de ses cousins va faire un bond en avant.

— Monsieur Violet, je prends vos déclarations pour des accusations ! Je vous demande de retirer vos paroles et j'exige des excuses !

Tu éclates de rire.

— Monsieur Violet, répète-t-il, je déteste faire usage de ma force, mais ma patience a des limites.

Tu trouves sa défense bien légère, ce qui renforce tes convictions.

— Voyez-vous ça ! Monsieur l'assassin exige des excuses ! crânes-tu.

Monsieur Moutarde est rouge de colère. De sa main gauche, il te prend par le col et t'attire contre son visage, te foudroyant du regard.

— Lâchez-moi, vous me faites mal ! bredouilles-tu.

— Excusez-vous ou je vous gifle ! réplique-t-il en serrant sa prise.

L'air te manque peu à peu. À ton tour de devenir rouge. Tes pieds touchent à peine le sol tellement il te tient haut et fort.

Mais tu renonces à t'excuser car il te reste une solution pour éviter l'humiliation : tu fais appel à toutes tes forces et lui administres une gifle magistrale.

 Va vite au 75.

88

Vous réalisez que Monsieur Moutarde est en train de vous menacer avec un objet métallique capable de causer de sérieux dégâts sur un crâne.

Prudents, vous le laissez reculer jusqu'à la porte du salon. Quelques secondes lui suffisent pour quitter la propriété du docteur.

Madame Leblanc peut alors vous livrer son scoop :

— Monsieur Moutarde était un cousin éloigné du docteur. Par conséquent, une partie de son héritage lui sera versée.

« J'étais sur la bonne voie », te dis-tu fièrement.

— Il a compris que nous le savions et il s'est senti pris au piège, ajoutes-tu. Il a préféré fuir. Mais en nous menaçant comme il l'a fait, avec ce chandelier, il a signé ses aveux.

Hélas pour toi, l'enquête officielle ne te donnera pas forcément raison. Tu as perdu.

Il faut se méfier des apparences
et se garder des conclusions hâtives.
La panique n'est pas réservée aux gens
qui ont quelque chose à se reprocher.
Modifie tes choix et recommence !

Une fois dans le couloir, tu réalises l'ampleur de la tâche. Par où commencer ? La maison est grande et ton temps est compté.

En réfléchissant bien, le bureau te semble être la pièce la plus indiquée pour conserver des documents importants. Mais les choses ne sont peut-être pas aussi simples que ça...

Si tu optes quand même pour le bureau, va au 77.

Si tu préfères faire confiance à ton instinct et le laisser te guider dans la maison, va au 30.

Et si tu cuisinais un peu Monsieur Moutarde, dont la nervosité semble croître de minute en minute ?

Tu le retrouves près de la fenêtre, à l'endroit même où il se tenait quelques minutes plus tôt, lorsqu'il bavardait avec Monsieur Olive.

— Sale soirée, n'est-ce pas ?

— J'en ai passé des meilleures, répond-il en évitant de croiser ton regard.

— Vous pensez aussi que la fortune du docteur constitue le mobile du crime ?

Cette fois, il se tourne vers toi, le visage étrangement figé, mais il reste muet.

— Il paraît qu'il laisse une fortune colossale derrière lui, ajoutes-tu. À ma connaissance, il n'a ni frère, ni sœur, ni enfant, et ses parents sont décédés… J'aimerais bien savoir qui héritera de tous ses biens…

Cette fois, Monsieur Moutarde devient rouge. Il fuit de nouveau ton regard, paraissant totalement déstabilisé.

— Quelque chose ne va pas ? lui demandes-tu.

Il ne te répond pas, cherchant à retrouver une contenance. Dans ta tête, ça fait tilt ! Tu sens que tu as mis le doigt sur un élément crucial. Monsieur Moutarde sait quelque chose, peut-être même est-il directement mêlé au crime.

Tu prends le temps de la réflexion.

Si tu décides d'user de diplomatie pour le mettre en confiance afin qu'il se confie, va au 40.

Si tu préfères le bousculer pour lui faire avouer ce qu'il sait, va au 68.

91

Madame Leblanc te lance un regard étonné.

— Et Mademoiselle Rose ? Et Madame Pervenche ?

— Vous croyez qu'une femme serait capable de planter un couteau dans le cœur d'un homme ?

— Vous connaissez bien mal votre prochain, Monsieur Violet. Vous, les scientifiques, vous n'êtes que des rêveurs ! Vous savez que nos prisons ne sont pas réservées aux hommes ? Les femmes qui les peuplent aussi n'ont rien à leur envier en matière de cruauté et de sauvagerie…

— J'entends bien, mais là nous parlons de deux femmes que nous connaissons : Mademoiselle Rose et Madame Pervenche ! Et croyez-moi, ni l'une ni l'autre n'a enfoncé une lame entre les côtes de notre ami !

Madame Leblanc lève les yeux au ciel.

— Va pour Monsieur Olive ! lâche-t-elle. Qu'est-ce qu'on a contre lui ?

Bonne question ! Vous n'avez strictement rien contre Monsieur Olive.

— Je vais prêcher le faux pour savoir le vrai, suggères-tu. Ça passe ou ça casse !

Puisque vous avez retiré Monsieur Moutarde de la liste des suspects, vous vous en faites un allié et lui demandez de veiller sur le reste du groupe pendant que vous cuisinerez Monsieur Olive.

 Si tu décides d'accuser frontalement Monsieur Olive du meurtre du docteur, va au 6.

Si tu préfères lui annoncer qu'au contraire tu es convaincu de la culpabilité de Monsieur Moutarde, va au 21.

92

Hélas, une surprise de taille vous attend dans le salon : Madame Pervenche n'y est plus !

— Où est-elle ? t'écries-tu.

Madame Leblanc ne comprend pas ta subite colère.

— On pensait qu'elle était avec vous ! Elle nous a dit qu'elle avait une information importante à vous communiquer et elle est partie vous rejoindre.

— De toute façon, ajoute Monsieur Moutarde, si elle avait quitté la maison, l'alarme se serait déclenchée.

Tous les regards se tournent alors vers la table basse : la clé est toujours là !

— Partons à sa recherche ! lances-tu.

Vous traversez la maison tous ensemble en appelant « Madame Pervenche ! Madame Pervenche ! »… Aucune réponse.

Une fois dans le vestibule, tu neutralises l'alarme et vous sortez dans le jardin. Vous vous précipitez en direction du garage : la voiture de Madame Pervenche a disparu. Une porte au fond est restée ouverte.

Vous vous y engouffrez et suivez un petit couloir qui mène à un escalier. Vous descendez à la queue leu leu et débouchez sur un long corridor. Vous le parcourez à la hâte et devez emprunter un nouvel escalier qui, cette fois, remonte. En haut : une porte entrouverte. Vous la poussez et vous retrouvez dans la cuisine !

— Quelqu'un avait connaissance de ce passage secret ? demandes-tu.

Apparemment, non. Madame Pervenche avait une longueur d'avance sur vous tous.

En tout cas, vous vous êtes donné beaucoup de mal pour rien. Votre suspecte est certainement déjà très loin.

Tu en veux terriblement à Monsieur Olive, car il était au courant d'éléments qui auraient dû éveiller sa méfiance.

— Avec ce que vous saviez, vous auriez pu l'empêcher de quitter seule cette pièce !

— Holà ! C'est vous, le détective, pas moi ! Je n'ai jamais prétendu vouloir appréhender le coupable.

Inutile d'argumenter ! Du reste, les sirènes de police hurlent au loin.

FIN

En général, les félicitations sont réservées
à ceux qui gagnent, or tu as perdu.
Néanmoins, tu mérites un grand bravo
car tu n'es pas passé loin du sans-faute.
Reprends ton enquête et essaie d'arriver
aux mêmes conclusions sans perdre
de vue le suspect.

93

Le bureau du docteur est une pièce sombre à l'ambiance feutrée. Sur sa table de travail se trouve, outre un ordinateur de bureau éteint, une pile de courriers rangés dans une chemise en cuir brun.

Tu te jettes dessus tandis que ta partenaire s'assied dans un fauteuil, encore sous le coup de l'émotion.

Un document attire rapidement ton attention. Il s'agit d'une feuille au format A4 montrant la photo en couleurs d'un homme en costume-cravate. En légende, deux mots : « Votez Carmin ». Une lettre accompagne le tract, signée précisément par M. Carmin.

Cher docteur,

Voici notre nouvelle plaquette pour les prochaines élections. Votre avis, à vous qui êtes le soutien essentiel de ma campagne, m'intéresse. Pour ma part, je pense que Madame Pervenche a du souci à se faire.

Amicalement,

M. Carmin

— Euréka ! lances-tu en montrant à Mademoiselle Rose les documents. Madame Pervenche n'aura pas supporté que son meilleur ami, le docteur Lenoir, finance la campagne de son rival ! Nous avons l'arme, l'identité du coupable et son mobile. Nous n'avons plus qu'à confronter Madame Pervenche à nos déductions.

Mademoiselle Rose te regarde étrangement.

— Quelque chose m'inquiète, t'avoue-t-elle. Ça fait une demi-heure qu'Antoine est parti chercher des secours. Ça me paraît extrêmement long, le commissariat étant à cinq minutes d'ici…

Elle n'a pas tort.

— J'ai son numéro de téléphone portable, ajoute-t-elle.

Elle sort son propre téléphone et lance l'appel avant de te passer l'appareil.

— Allô ? fait Antoine en décrochant.

Tu entends comme un brouhaha autour de lui, une ambiance de café.

— Ici, Monsieur Violet. Où êtes-vous, Antoine ?

— Dans un bar, au coin de la rue.

 Va au 73.

94

De retour au salon, tu fais part de ta découverte à Mademoiselle Rose.

Vous convenez tous les deux qu'il est temps d'abattre vos cartes.

Tu déposes silencieusement sur la table basse l'arme du crime tachée de sang ainsi que le gant utilisé par l'assassin. Ce simple geste attire l'attention de tous.

— Madame Pervenche, déclares-tu, Mademoiselle Rose et moi-même sommes parvenus à la conclusion que c'est vous qui avez tué le docteur.

Madame Pervenche te fixe du regard sans riposter.

— Vous vous présentez aux prochaines élections locales contre M. Carmin dont la campagne devait être financée, en grande partie, par le docteur. Vous avez considéré cela comme une trahison de sa part et l'avez sommé d'y renoncer. Dix minutes avant de passer à l'acte, vous lui avez envoyé le texto suivant.

Tu sors de ta poche le téléphone du docteur et lis le message de menace.

— Comme il a refusé de revenir sur sa

décision, vous l'avez poignardé avec ce couteau. Vous avez peut-être effacé vos empreintes en utilisant ce gant, mais vous vous êtes en même temps trahie : c'est un gant de femme. Madame Leblanc n'aurait pu l'enfiler dans la précipitation en raison de la bague qu'elle porte à la main droite, et Mademoiselle Rose est gauchère.

Un grand silence fait suite à tes accusations. Tous les convives ont le regard tourné vers Madame Pervenche qui, lentement, sort un revolver de sa poche.

Vous avez tous un mouvement de recul !

Pourtant, après l'avoir brandi durant quelques secondes, elle le dépose délicatement sur la table basse.

— Vous avez gagné, Monsieur Violet, soupire-t-elle. À quoi bon nier après une si brillante démonstration ? Effectivement, la décision du docteur de soutenir mon adversaire rendait ma victoire quasi impossible. Je n'ai pas réussi à le faire changer d'avis. J'ai cru que mes menaces y parviendraient, je me suis trompée. Je le regrette.

Vous êtes tous abasourdis.

Mais tu as gagné !

FIN

Ton raisonnement est implacable,
et tes déductions limpides. Tu peux postuler
chez Scotland Yard. En attendant,
sache qu'il existe d'autres chemins menant
aux mêmes conclusions.
Ça te tente ?

95

Monsieur Olive et toi vous dirigez vers la chambre du docteur.

En passant devant la cuisine, tu t'arrêtes.

— J'ai la gorge sèche, dis-tu. J'ai besoin d'un grand verre d'eau fraîche.

— Bonne idée ! approuve Monsieur Olive.

Pendant que vous vous désaltérez, ton regard se pose sur une feuille de papier qui traîne sur la table située au milieu de la pièce.

Tu t'approches et lis : *Madame Pervenche m'a demandé de simuler une panne de courant pendant le discours de bienvenue du docteur parce qu'elle voulait lui faire une surprise pour son anniversaire. J'ai compris trop tard que ses intentions étaient tout autres. Je jure que je…*

— C'est sûrement Antoine qui a commencé à écrire cette lettre…

Monsieur Olive prend connaissance à son tour du message griffonné par le majordome.

— Pourquoi Madame Pervenche aurait-elle assassiné le docteur ? interroges-tu.

À cet instant, Madame Leblanc entre dans la cuisine en brandissant précautionneusement un couteau taché de rouge et un gant de cuir noir.

— Où avez-vous trouvé ça ? t'empresses-tu de lui demander.

— Dans la poche de pantalon du docteur.

Tu saisis le gant et essaies de l'enfiler, mais c'est impossible : il est bien trop petit pour toi.

— C'est un gant de femme ! en conclus-tu.

 Va au 85.

— Je vous la lis : *Madame Pervenche m'a demandé de simuler une panne de courant pendant le discours de bienvenue du docteur parce qu'elle voulait lui faire une surprise pour son anniversaire. J'ai compris trop tard que ses intentions étaient tout autres. Je jure que je...* La lettre se termine ainsi. Manifestement, Antoine a été interrompu dans sa rédaction quand nous lui avons demandé d'aller chercher des secours. Et s'il l'a laissée en évidence sur la table de la cuisine, c'est sûrement dans l'espoir que nous mettions la main dessus.

Tu es abasourdi. Madame Pervenche a donc tout manigancé. Elle est allée jusqu'à solliciter la complicité involontaire de ce pauvre Antoine !

La lecture de cette lettre t'a secoué, au point de te désintéresser quelques secondes de la coupable. Lorsque tu te tournes à nouveau vers elle, elle tient un revolver dans sa main.

 Fonce au 29.

Une chose vous saute aux yeux à votre arrivée dans le salon : Madame Leblanc porte une énorme bague à la main droite. Mademoiselle Rose et toi vous concertez à voix basse. Il vous paraît impossible à tous les deux que la coupable ait pris le temps d'ôter sa bague, d'enfiler un gant, de commettre son crime, de retirer le gant et de remettre la bague avant de dissimuler les objets compromettants. En revanche, la main droite de Madame Pervenche est paraitement nue.

— Vous vous souvenez de ce que m'a confié Monsieur Olive tout à l'heure au sujet de cette rivalité politique entre le docteur et Madame Pervenche ? demandes-tu à ta partenaire. On dirait que la vérité se cachait derrière sa déclaration. Madame Pervenche aurait tué le docteur pour une histoire de gros sous et de politique…

— Nous sommes en droit de le penser.

— Autre chose me revient à l'esprit : le docteur a utilisé son téléphone pendant que nous prenions l'apéritif ici même. Comme s'il avait reçu un SMS. Peut-être y a-t-il un lien avec ce qu'il s'est passé quelques minutes plus tard… Restez là pendant que je vais le chercher sur lui.

 Fonce au 55.